时空战略

「时空之旅」带给中国文化产业的启示

何真 ⊕ 著

上海人民出版社

图书在版编目(CIP)数据

时空战略:"时空之旅"带给中国文化产业的启示 /
何真著.—上海:上海人民出版社,2009
ISBN 978－7－208－08690－6

Ⅰ.时... Ⅱ.何... Ⅲ.杂技－舞台演出－经济管理－经
验－中国 Ⅳ.J828 J892.4

中国版本图书馆 CIP 数据核字 (2009) 第 114600 号

世纪文学出品

策 划 人 邵 敏
责任编辑 张 莉
封面装帧 范乐春

时 空 战 略
——"时空之旅"带给中国文化产业的启示
何 真 著

世纪出版集团
上海人民出版社 出版
(200001 上海福建中路 193 号 www.ewen.cc)
世纪出版集团发行中心发行
上海锦佳装璜印刷发展公司印刷
开本 720×1000 1/16 印张 15.5 插页 11 字数 175,000
2009 年 8 月第 1 版 2009 年 8 月第 1 次印刷
ISBN 978－7－208－08690－6/F·1875
定价 28.00 元

目 录

序

前几年我还在上海工作的时候,曾经应邀去上海马戏城观看过多媒体梦幻剧——《时空之旅》,当时,我对该剧中所表现出来的高超的杂技和舞蹈艺术、具有独特创意的表现手法、浓郁的中国元素以及梦幻般的舞台艺术效果留下了深刻的印象。眼前的这本《时空战略——"时空之旅"带给中国文化产业的启示》一书则让我进一步了解到,在短短几年的时间里,《时空之旅》已经取得了巨大的成功,特别是在演出场次、票房收入、观众人数等几方面不断突破国内同类演出市场的记录,《时空之旅》现象已经引起了国内外众多学者、媒体、研究机构以及业界同行的广泛关注。作为一名长期从事产业经济研究的学者,我认为,对《时空之旅》现象背后的各种因素如创意策划、运作机制、品牌营销、衍生产品开发等进行深入的研究、总结和探讨,不仅有助于打造具有中国特色的"文化创意产业"品牌,而且对于加快推进我国文化创意产业的繁荣和发展,进一步推动中国文化创意产业走向国际市场等无疑具有重要的借鉴意义。

最近几年来,由于工作和研究兴趣等原因,本人一直比较关注我国各地文化创意产业的发展状况。在我看来,《时空之旅》之所以能够在短短的四年时间内成为上海乃至我国文化创意产业的一张亮丽的"名片",甚至被人们誉为"亚洲最好的舞台晚会",至少在以下几个方面体现出它与其他同类产品相比的较为独特的特色或竞争优势:

第一,具有国际化视野的实力强大的创意团队。从创意产业经济学的角度来看,内容创意在整个创意产业的价值链中居于最高端,它直接决定了一个创意产品的核心竞争力。据了解,《时空之旅》由世界公认的最具实力的加拿大一流艺术创作人员担任主创班底,创意总监、总导演、编导、作曲、舞美、灯光、音响均由世界著名娱乐秀编创奇才担纲,这使得该剧从一开始就打上了国际化的烙印,也为今后的成功市场运作和推广奠定了良好的基础。

第二,强强联合、优势互补的营销、传播和推广平台。由于文化创意产品本身的特殊性,因此,与其他产品相比,文化创意产品价值的挖掘和实现更多地依赖于媒体、策划人、经纪人等专业中介机构,如果没有有效、畅通的传播渠道,再好的创意内容也无法转化成产品,更谈不上赢利。在这一点上,《时空之旅》确实走在了同类项目和品牌的前列。《时空之旅》正是汇集了京沪两地最具实力的专业机构而共同打造出来的一个高端舞台演艺品牌。作为中国最大的媒体集团之一的上海文广新闻传媒集团,集广播、电视、报刊、网络等于一体,拥有最广阔、最多样的传播渠道;中国对外文化集团公司是全球最大的中国演出供应商、中国境内最大的国际演出运营商;上海马戏城(上海杂技团)则早已享誉海内外。在这三方合作中,传媒娱乐资源、海外演出运作资源、演员及演出场所资源得到了高效融合,共同打造出《时空之旅》这一特色品牌。

第三,科技创新与文化创意的有机结合。在知识经济条件下,科技创新和文化创意已经成为一个国家或城市提升产业附加值和竞争力的两大引擎,同样,从国内外的经验来看,把科技创新和文化创意有机地结合起来往往也是一个舞台演艺品牌走向成功的主要经验之一。我认为,《时空之旅》的成功在很大程度上也体现出这一特点。《时空之旅》以中国传统的杂技艺术为基础,运用高科技手段打造充满惊奇和魔幻的神奇效果,采用特殊装置以及声、光、电、水幕、烟雾、特效等现代化手段,使舞台立体化、多维化,其独创的大型水幕、全息投影、多媒体应用等将带给观众穿越时空的独特经历,另一方面,该剧又深入挖掘和利用中国特别是江南特有的民族艺术元素,综合杂技、音乐、现场乐队、舞蹈、武术等,以时空交错为表现手法,艺术地展现昨天、今天、明天,展示中华民族悠悠历史、灿烂文明,展示迈向伟大复兴的中华民族精神风貌,展示上海开放、包容的都市风情,从而使全剧充溢着浓浓的中国文化元素。现代高科技手段与中国传统文化艺术的融合,给观众以强大的视觉冲击力和美妙的艺术享受。

我认为,《时空之旅》在推出后的短短四年时间内就能够得到市场的广泛肯定,并在国内外建立了一定的品牌知名度,这确实值得充分肯定。当然,另一方面,我们也要看到,随着各地培育和扶持文化创意产业政策力度的逐步加大,随着对外开放后一批国外知名演艺娱乐品牌快速进入中国市场,《时空之旅》面临的市场竞争压力也越来越大,因此需要在现有的基础上再有所突破,再上一个新的台阶。为此,我想提以下几点希望或看法:

1. 对《时空之旅》现象进行深入的剖析,确立今后的发展目标和方向。应该组织有关的专家、学者对《时空之旅》的成功模式以及面临的困难、瓶颈进行认真的总结、归纳和研究,制定未来的发展规划,这不仅可以为《时空之旅》今后的长远发展确立一个可行的战略目标和方向,同时,这个过程本身也构成了《时空之旅》项目品牌营销和推广的一个重要组成部分,因而也是十分必要和有意义的。

2. 继续大胆探索和创新。创新是一个民族进步的灵魂,是国家兴旺发达的不竭动力。同样,对于一个演艺娱乐项目而言,只有根据社会需求的变化不断地创新才能使其常演常新,并保持其品牌生命力和影响力。所以,我认为应该从产业链的各个环节出发,对《时空之旅》的内容创意、节目编排、舞美设计、营销推广等方面继续完善和创新,力争在每一个环节都做精做细,逐步把《时空之旅》真正打造成为国内外演艺娱乐产业的一个精品品牌。

3. 积极地"走出去",进一步扩大《时空之旅》的品牌知名度和辐射力。从目前来看,《时空之旅》虽然在上海及长三角地区有一定的知名度,但其主要的市场和观众基本上还是集中在上海地区,这对于一个以打造国际著名演艺娱乐品牌为目标的舞台剧来说,应该说是远远不够的。因此,我认为,《时空之旅》下一步应该充分挖掘和利用自身的品牌、渠道等优势,不断扩大市场占有率和覆盖面,着力于走出上海,特别要在走出国门、开拓国际市场上进行积极而大胆的尝试和探索,为提升中国文化创意产业的国际影响力、竞争力和辐射力做出应有的努力。

4. 延伸、完善产业链,逐步拓展衍生产业和产品。众多国内外经验表明,对于一个文化创意产业品牌来说,产业链越长,其品牌价值的开发和实现就越充分,其品牌效应就越能够得到真正的体现,"迪斯尼"就是一个明显的例证。我认为,《时空之旅》已经具备了从产品经营逐步向品牌运作过渡的基本条件,今后可以向产业链的上下游拓展,进一步提升《时空之旅》的品牌附加值,为今后的多元化发展打下坚实的基础。

最后,我祝贺本书的顺利出版,希望有志于我国文化产业发展的同志能从《时空之旅》的成功经验中获得更多的启示。

方元思

2009.6.18.

第一章

时空交错的机遇

本章核心人物

张　宇

中国对外文化集团公司总经理，《时空之旅》发起者之一。1993年，他创办中国对外演出公司事业体制下第一家全资企业——中演文化娱乐公司，并担任首任总经理。1996年，他创意发起"中国国际交响音乐年"。1997年，他出任中国对外演出公司总经理，同年在国内演出界首次引入院团演出代理制。1998年，他作为总策划与中方总制作人，推出紫禁城太庙版实景歌剧《图兰多》，邀请祖宾·梅塔出任音乐总监、张艺谋担任歌剧导演，产生了世界性的广泛影响。2004年4月，经国务院批准，中国对外演出公司、中国对外艺术展览中心整体转企改制组建成立中国对外文化集团公司，并成为全国文化体制改革首批试点单位之一，张宇被任命为总经理。2008年9月，中国对外文化集团公司因成功承办"相约北京——2008奥运文化活动"，被中共中央、国务院授予"北京奥运会残奥会先进集体"。

俞亦纲

上海杂技团团长、上海马戏城总经理，《时空之旅》发起者之一。1988年担任上海木偶剧团领导，1996年调任上海文化实业公司党委书记、副总经理，1999年7月任上海马戏城总经理，1999年9月兼任上海杂技团团长，2005年12月兼任上海杂技团/马戏城党总支书记，2008年兼任上海文广演艺中心副总裁。2002年联手中国对外演出公司，根据国外观众的口味量身定制大型综艺舞台剧《太极时空》。近几年他还策划制作了上海杂技团原创剧目《浦江情》、《欢乐马戏》及一批参加国内外杂技比赛的新节目，均取得了较好的市场反应和比赛成绩。

上海马戏城，《时空之旅》演出现场。

在柱形灯的投影下，圆形舞台幻化成一只青花瓷盘，盘正中站立一位着对襟短衫、灯笼裤，脚蹬片儿鞋的中年汉子。灯光不仅照耀着他刮得锃亮的青皮脑瓜，也点亮了他手中被摆弄得滴溜溜乱转的青花瓷缸。

还没等观众琢磨出这演绎的是哪朝哪代，台上"嘿"的一声低喝，十七八斤重的青花瓷缸被汉子撇向半空，翻腾到足有两三层楼高，旋即沉甸甸地下落。全场屏息。"啪"，只见汉子一低头，用厚实的脊背稳稳接住瓷缸。愣了足有两秒，台下迸发出雷鸣般的掌声。

如果不是观众席里有如此多的外国客人，如果不是舞台灯光营造出的奇景仿佛时空交错，面对这手绝活，中国观众恐怕早就用最中国的方式礼赞这手绝活，扯着嗓子痛快地叫两声"好"了。

台上的汉子显然已经收获到了他预料中的震惊和掌声，沉醉在表演中。脚面、头顶、脊梁、肩膀，青花缸上下翻飞，除掉那一点因为重量带来的迟滞感，它灵动得简直如同 NBA 球星手里的篮球。缸在双手交替的空当儿，汉子还不忘弹指一敲，"当"的一声脆响。用惯瓷器的我们，心房随着它一起震颤。

"哗——"，围坐着的 1 300 多名观众不再吝惜，如雷般的掌声陪伴青花瓷在空中荡漾。

历时三年多，经久不衰。上海马戏城里的这出大戏——《时空之旅》——已经陪伴观众度过了 1 000 多个奇幻的夜晚。它像一位自信的演员，目前已经能够以平常心在每晚固定的时刻等待客人的到来。因为它确信，每一位观众在离开的时候都不会失望。

从最初的紧张筹备到华丽亮相，到中途的短暂徘徊再到走向辉煌，《时空之旅》不断刷新国内文化演出市场的票房成绩。

2005 年 12 月 28 日，《时空之旅》进行了第 100 场公演，总收入超过 1 000 万元。

文化部副部长赵维绥在演出结束时表示："这是全国文化院团体制改革中最成功的范例之一。"知名学者余秋雨说："这场演出，在主题上引进了时间和岁月的概念，把历史和文化也引进来了，体现出一种有文化深度的幽默感，是新理念的国际化杂技。"

美国三大电视网之一的全国广播公司为《时空之旅》制作了专题节目，制作人罗宾说："《时空之旅》是中国乃至亚洲最好的舞台剧目之一。"据 AC 尼尔森收视调查，这期特别节目在全美的收视人群超过 1 200 万。

中共中央政治局常委李长春观看《时空之旅》后与演员交谈

2006 年 2 月 6 日，在《时空之旅》连演 132 天共 150 场之际，中共中央政治局常委李长春听取了《时空之旅》的运营情况汇报，并且在当天晚上观看了演出。他从体制创新、机制创新、艺术创新和中国文化走出去的角度对演出予以充分肯定。"你们的改革实践和探索非常有意义，也非常成功。"

2006 年 6 月 28 日，《时空之旅》演满 300 场，观众总数突破 25 万人次，票房总收入超过 3 100 万元，创造了上海同一剧场连续演出场次的最高记录，还成了中国演出市场的一大亮点。文化部把上海时空之旅文化发展有限公司选定为"国家文化产业示范基地"，表彰该公司在推进文化体制改革、促进文化自主创新、运作文化产业项目等方面的显著成绩。

2006 年 9 月 27 日，《时空之旅》迎来周年庆，演出 390 场，票房总收入超过 4 000 万元，观众总数超过 30 万人次。《ERA—时空之旅》的品牌价值被评估为 1.2 亿元人民币，除去剧场改建等硬件设备投资，《时空之旅》在一年内增值近 20 倍。

2007 年 6 月 28 日，《时空之旅》演满 700 场，观众超过 65 万人次，收回了 3 000 万元投资成本。

2008 年 3 月

国务委员陈至立观看《时空之旅》后与大家交流演出观感

26日,《时空之旅》整整演出了 1 000 场。观众接近 100 万人次,票房收入过亿,成为名副其实的"亚洲最好的舞台晚会"。

2009 年 7 月 6 日,《时空之旅》演出 1 500 场,观众 158 万人次,票房收入 15 980 万,全国政协副主席厉无畏评价《时空之旅》为"超越时空的东方'太阳马戏'。"

……

在普遍不景气的国内文化演出市场,《时空之旅》凭什么活下来并攀上巅峰? 就让我们探究它的源头,寻找这一段历经坎坷的不平凡的成功轨迹。

期待惊雷的上海演艺市场

为了重拾昔日"天天演"的辉煌,《时空之旅》不是上海文艺界做出的第一次尝试。

上海作为一个文化之都,她感性的形象是怎样的? 我想,这一点从南到北,自东向西,甚至发散到全球,人们的感觉不会有大的出入。那就是在经济繁荣基础上的华美唐璜。

其精神内核是中西方融合后形成的细腻、体贴、雅致和精美已经渗入每一个上海人的性格中。问题是,一座城市是无法用市民性格快速打动匆匆来访者的,她需要能够体现其精神内核的物质外壳。

打着白领结、身穿燕尾服的老门童,带铜喇叭的老式留声机里放着周璇的老歌《何日君再来》……尽管打造"新天地"为上海重新树立了一块文化招牌,但是剧场群和天天演仍然是最能打动人心的上海印象。而且,相比较酒吧这样的纯舶来品,剧场演出在这里有更广泛的群众基础和更强的文化包容性。

几乎每年都有几部外国电影通过镜头回忆老上海演出界的繁华,可是今天生活在上海的人们却早就无缘亲身体验了。这个城市的人均GDP已逾5 000美元,市民平均一年进剧场的次数却不到0.5次。根据上海市政协2003年的调研数据,上海当时仅仅有14家剧场和3家书场维持正常的营运,与鼎盛时期相比,不仅数量大幅度减少,而且失去了一批在历史上积淀了文化特色、在海内外具有影响的老字号剧场。黄浦区、卢湾区的西藏中路沿线地区,最辉煌时曾经集中过数十家剧场、电影院,堪称上海的"百老汇",但很多已被拆除、改业。尽管后来新建了上海大剧院、上海话剧艺术中心、艺海剧院等,但由于分布较远而没有形成剧场群,且因对现有剧场保护、改造不够,所以上海仍缺乏可以接纳高层次演出的高档剧场。

另一方面,全市剧场的经营状态极不平衡,有相当一部分剧场放弃演出主业,长期抛荒。上海文艺界早就对这样的境况忧心忡忡。越剧小生徐玉兰回忆,上世纪五六十年代,上海还有几十家越剧团,剧场都在南京路,每天演两场,一出戏天天演,演半年还是场场爆满,有的观众见这个剧场满了,就去对面的剧场看。可现在,全上海只剩一家越剧院。戏曲演员不可能在闭门造车中一鸣惊人,他们需要时间渗透,需要在与观众的回馈中反复琢磨,才能打造出真正的精品。但现在这已经越来越难。

著名演员奚美娟说,上海这座大都市,人们经常把它与美国的纽约相比。纽约有百老汇这样的戏剧街,吸引了全世界的游人。她真希望上海也能有这样的一条演出街,把上海的文化艺术氛围搞得浓浓的。

上海话剧艺术中心总经理杨绍林认为,上海在推进城市现代化建设的同时,应该考虑建立若干个剧场群,如南京路、西藏路一带商业圈,在改造的同时,应该把剧场群的规划考虑进去。按逸夫舞台现有的定位,这一带的剧场可以以演出传统的、民族的艺术为主。上海话剧艺术中心、上海戏剧学院、儿艺等都在同一地区,可考虑建立以欣赏现代艺术为主的剧场群。如果文化广场改造成剧场群,可以考虑以经典的音乐舞蹈演出为主。这样,三个剧场群各有特色,人们可以各取所需。

另外,文艺界也号召调整目前剧场结构,吸引海内外社会资本参与剧场建设。他们提出了一系列的构想:降低市场准入门槛,大力发展经纪机构,在高校开设剧场管理学、经营学等专门学科,希望重新恢复上海的"东方百老汇"风采。

仿佛为了响应重建剧场的号召,上海开埠以来历史最悠久的剧场之一兰心大戏院在2003年底进行了重建。这家百年老剧场经过一年的改造,已经恢复了昔日的金碧辉煌。而当年的"远东第一交响乐队"——上海交响乐团也如约而至,在兰心大戏院进行开幕演出,纪念这座老剧场与上海之间说不完、道不尽的艺术情缘。上海不少有"兰心"情结的音乐人、话剧人齐来捧场,称修复这座"上海最早的艺术宫殿"对上海文化界是一件幸事。"怀旧的意义,是重新寻找失去了的经典。上海是中国流行音乐的发源地,而且很早就与国际接轨了。现在,我们终于可以把这段辉煌找回来。"

可是,轰轰烈烈的开幕演出过后,兰心并没有重现昔日的辉煌,大家美好的愿望注定沦为一厢情愿的怀旧。原因很简单,剧场本身没有一场可以天天演的、可以真正吸引观众买票入场的演出。没有掌声的浇灌，再美好的剧场之花很快也会枯萎。

意识到这点的有志之士开始尝试用各种方式改变现状。

于是，有中外艺术团体在南京路步行街的轮流汇演、有豫园商场的中华戏曲表演、有白玉兰剧场的魔术演出、有中国大戏院的"草根艺术演出"，还有城隍庙的各种地方戏票友专场……

这些演出无一不打着"天天演"的招牌，最后又无一不草草收场。有的从开演之初就完全依赖财政支持"赔本赚吆喝"，有的临时征调演员难以长时间维持，更多的是先打出"东方百老汇"和"戏剧一条街"的旗号，抢去了许多新闻眼球，但终因台上演员始终多于台下观众而无言伤逝。

总的说来，这种试图"挽救艺术"的抗争悲壮而震颤，却盲目而令人揪心。研究者称："它多的是艺术家的激情和热血，少的是政治家的冷静和企业家的精明。"可谓一语中的。

时空法则第一条：文化产业的发展并不总能跟上经济繁荣的脚步，当发展滞后时，艺术工作者的主观能动性将发挥决定性的作用。

等待演出的舞台

上海演艺市场走上破冰之旅与一座建筑的落成有莫大的关系。

在上海的南北高架上行车，出内环不远，你就会看见一座金灿灿的穹形屋顶建筑,像魔术师刚折出来的硕大纸球,连上面的折痕还清晰可见。它就是上海作为国际文化都市的标志性建筑之一——上海马戏城。

每天晚上七点,"大纸球"旁的辅路上,总会驶来载满游客的大巴。逢到周末,门口还常常聚集着难求一票的观众,他们有的衣饰华贵、有的穿着朴素,有中国人、也有外国人,有老人、有孩子、还有一对对的情侣。唯一相同的是,他们都是冲着《时空之旅》来的。

如此追捧的场景不禁让老上海人回忆起上个世纪南京路杂技场的那一抹辉煌。1964 年,上海杂技场始建于南京西路 400 号。初建时为一个半固定式的场地,钢架外部砌围墙,内部安装简易板条凳。1979 年十年浩劫结束,杂技场重新翻建,杂技演出厅外观为圆形建筑,二层钢筋混凝土结构,上下两圈白色墙面,中间嵌蓝色玻璃窗。西立面正门口建有大雨棚,上面竖立"上海杂技场"招牌字。在东、南、北立面另设三处双门,门前均有深紫色瓷砖铺砌的台阶。上下两层观众席可容纳 1 654 只座位。后台还连通 200 平方米的练功房和专门关养动物的动物房。当时上海杂技团常年在此演出,这里也因此成为上海市接待外国贵宾观看文艺演出的重要场所,上海各界还常在这里举行大型歌咏

老杂技场

上海马戏城夜景

比赛。

杂技陪伴人们度过了那段文化生活相对匮乏的年月。可是，似乎在一夜之间，去上海杂技场看一场表演不再成为上海人休闲中的选项之一，杂技仿佛成了看淡世事变迁的守夜人，在岁月的风蚀下一天天老去，活下去的意义只是略尽本分而已。

不，杂技不应当这样老去。文化都市需要能够叫得响的名片，而杂技正是这种中西融合，能够体现上海文化特质的项目。上个世纪九十年代中后期，在政府政策的引导和银行贷款的支持下，全新的、时尚的、更有现代特色的上海马戏城破土动工了。

1999年，上海马戏城落成并正式投入使用，俞亦纲担任总经理。

新落成的马戏城占地2.25公顷，场内配有先进的灯光设备和多声道、多重环绕音响。表演区设有旋转舞台、复合升降舞台、镜框式舞台和吊杆，加上高空的3圈马道，不愧为远东第一马戏城。此外，它还有建筑面积达到12 000平方米的配套商业设施。硬件配置达到了国内顶级水平。

落成之后的马戏城首先要还贷，然后实现创收。一个演出场地拿什么还贷？靠什么创收？从硬件的角度而言，它没有理由不实现高速发展的目标。但是俞亦纲很清楚,马戏城的核心资源还是杂技表演,没有拿得出手的杂技节目,一切都是水月镜花。问题是,什么样的杂技才"拿得出手"?

"中国杂技界还沉浸在对于技巧的追求里面。原来在台上倒立五分钟,现在倒立八分钟;原来翻一个跟头,现在翻三个跟头,大家以为这就叫发展了。人体是有极限的,向人体的极限要发展,最后总有尽头。"

当我在"大纸球"后面的办公区找到这位《时空之旅》最重要的创始人之一时,感到他不像是一家传统事业单位的领导,倒像是正处于创业热情中的企业家:对行业充分了解,也知道自己应该怎样去做,并且乐在其中。

难道我在期待他头戴着黑色的礼帽,又或者从怀里掏出几只咕咕叫的白鸽? 总之,在我的想象中,创造出《时空之旅》的人应该带着几分疯魔吧。俞亦纲打破了这种幻想,他告诉我,《时空之旅》是无数人把零件用一个个螺丝装配起来的,它不是魔术师从风里变出来的。

在长期对于杂技行当的研究中,也少不了在太阳马戏团这样成功案例的刺激下,俞亦纲认为:对技巧的不断追求体现了中国杂技人对于杂技的商品属性认识

俞亦纲

不足。要想求发展,必须用商业思维来分析杂技,探索新的发展模式。

在他看来,上海杂技团的当务之急就是要实现差异化竞争,要从波澜不惊的杂技行当乃至整个文化演出领域脱颖而出。差异化竞争的第一要义就是发展高端产品线。说白了,上海马戏城需要一台高水平、有档次、具备足够吸引力的与众不同的节目。

到哪里去找这样一台节目呢?

时空法则第二条:多数时候演出决定舞台。但是,有时候情况恰恰相反。当你决定根据舞台设计演出的时候,你可能会离观众更近。

从"中间人"到市场的主人

在俞亦纲苦思良策的时候,另一些人同样在寻找变革的机遇。他们是最早参与中外文化演出交流的人,也是最早思索其中孕育的商业机会的人。他们中的一位代表人物就是中国对外文化集团公司的老总张宇。

我们观察一次改革的成就,就像站立桥头看到浪花的澎湃,这时候不能忘记上游的涓涓细流。实际上,追述《时空之旅》的成功,中国对外文化集团公司的成立是重要的契机。

中国对外文化集团公司成立于2004年4月,由中国对外演出公司(以下简称"中演")和中国对外艺术展览中心(以下简称"中展中心")等机构合并、改制后组成。这两家单位都大有来头,中演公司成立于1957年,中展中心成立于 1950 年,历史都在半个世纪以上。从建立之初,它们主要任务就是承办政府间文化交流项目。几十年来,中演公司和中展中心始终发挥着国家对外文化交流的渠道主力军作用。

换句话说,作为文化部直属的事业单位,中演和中展几乎"垄断"着中外文化演出交流。可是,随着我国对民间文化交流的逐步开放,中演和中展渐渐不复往日的垄断地位。中国对外文化集团公司作为全国文化体制改革首批 35 个试点单位之一,进行体制上的重大改革,就是要让"改革"与"开放"相匹配,发挥现代企业的主动性。

由按部就班完成规定动作的事业单位改制成为国家工商总局注册成立的第一家大型国有对外文化企业集团,公司将面临市场的激烈竞争。张宇说:"对于我们而言,虽然失去了垄断优势,但获得了市场主体地位,把握住了主动出击的机会。"

这位山东汉子说起话来总是激情澎湃。一群人围坐在一起讨论项目,他的发言常常是最富有感染力的,一不小心就成了场上的主角。实际上,如今在国内外演出领域,张宇这个名字的确就是一个品牌。

早在 1993 年文化演出的计划经济时代,张宇就提出能否成立一家公司,用市场化手段做演出。当时演出是由国家经费支持的,没人会关心它的效益问题。张宇的建议

张宇

在许多人看来是没事找事。没想到的是,这年 3 月,他牵头的中演旗下的第一家公司——中演文化娱乐公司在北京正式成立。

公司成立后,张宇立即设立票务部,在商场设代售点,还雇几十号人上门送票。这个超前举措奠定了"中演票务通"的基础。今天,北京 90% 以上的文化演出,都可以通过"中演票务通"订票,喜欢看演出的人,几乎没有不知道票务通的。

票务通是什么?如果你单纯理解为卖票的或者是送票的,那就大错特错了。一言以蔽之,票务通是一种"关系"。众多政府机构、驻外使领馆、境外著名经纪人及国内外知名艺术家、演出商、剧场,还有数以亿计的观众,全都能通过这个平台找到自己想要的资源。在一个"大文化"营销的平台上,票务通扮演起了行业整合者的角色。

单单一个票务通当然满足不了张宇对于整个文化产业的"野心"。通过票务通这个平台,张宇找到了各种项目,又通过这些项目盘活了各种闲置的资源,然后产生了巨大的经济效益。

1998 年,由祖宾·梅塔指挥、张艺谋导演的紫禁城太庙实景歌剧《图兰朵》正式开演,产生了世界性的广泛影响。其策划者正是张宇。这一版《图兰朵》的经济效益,以及它对于十年后气势恢宏的奥运开幕式的映射,值得另辟专题讨论,这里就不再赘述了。但是有一点值得注意,那就是张宇把外国的苹果嫁接在中国的梨树上,结出了甜美的果实。这种创意精神随后成为中国文化产业破局的重要突破口,具有划时代的意义,《时空之旅》的成功同样得益于此。

举办中国国际交响音乐年;首次引入代理制,全年代理中央芭蕾舞团在京所有演出;策划中国文化东瀛行;承办"相约北京"大型联欢活动……

十几年来亲历国内演出市场的巨大变化,又是市场化运作中外文化交流的重要推动者,张宇对于驾驭这个市场自然是有充分信心的。

然而,他从来不会轻视文化市场的波谲云诡,不会忽视中外演出团体在运作能力上的巨大差异。在我看来,张宇是一个实干者,更是一个理论家。

约访张宇的那天,恰逢他从北京飞赴上海公干。一天行程,活动和谈判安排得满满自不必说。有意思的是,中午短暂的余暇,他没有在饭桌上浪费时间,也没有休息,而是独自一个人前往上海书城看书、购书。或许在他看来,实践如果缺乏理论的指引,总是行之不远的吧。

在张宇的战略体系中,中国对外文化集团公司面向的就是国际市场。面对激烈的竞争,由低端产品输出转向品牌产品的创造和出口是必由之路。也许,张宇总结的这条出路也是中国文化产业走出去的唯一道路。

中国对外文化集团公司在这条并非坦途的道路上将发挥怎样的作用呢?"由零售商向出品商、批发商、集成商的转型,逐步集聚实力,完成积累,实现跨越式的发展;通过做强主业,整合辅业,开拓新业,成为中国文化产业的战略投资者。"

不管做出品商、批发商、集成商也好,还是做投资者也罢,一切的一切,都要依托于项目的运作,通过具体项目的运作来理顺关系、调整结构、配置资源。中央文化体制改革的试点工作不是靠反复召开各种研讨会来确定思路的,而必须通过反复尝试、不断调整来寻找适用于中国文化团体的自主道路。张宇明亮的眼神,让我看到了三十年前那种"摸着石头过河"精神的重现。不过,有了如此深厚的社会沉淀下来的改革经验,我们已经有足够的信心不再被河水淹没。

在具体项目的运行基础上,项目的执行者还要完成深层次的转变。改革不是由事业单位转制为企业就简单地画上句号,而是一个长期的可持续发展的系统工程。其中一个重要理念就是,观念的改革和体制与机制的改革必须同步推进。经营性事业单位如果只强调观念的改革,没有体制和机制改革的跟进,就会继续沿用事业单位的老一套程式和做法,就不可能有生产方式、投资方式、人力资源管理方式以及艺术产品宣传推广方式的创造性变革,其结果只能是"半截子革命"。

改革曾经给我们带来的阵痛,张宇不允许它重新上演。当务之急,就是寻找一个值得投入的项目。

在考察了国内多个文化演出项目之后,《时空之旅》成为张宇最终的选择。2004 年年初,当时还在体制内运转的中演公司将这个项目正式申报到文化部。

中国文艺演出的海外尴尬

早在担任中演总经理阶段,张宇就在与国外演出团体的交流合作中深刻体会到世界文化演出市场酝酿着的深层次变革。

同样面临观众流失的困境,加拿大太阳马戏团却能在变革中求生,并最终走向全球。对这个成功案例的深入分析开始令张宇深刻反思中国艺术演出的短板所在。

改革后的太阳马戏有一台叫座节目名为《龙狮》,其核心表演是中国观

众熟悉的"舞龙"和"舞狮"。《龙狮》
究竟为太阳马戏团赚了多少？我这
里有一份 2008 年 8 月 22 日《龙狮》
登陆澳大利亚悉尼时的演出安排
表。演出时间为周二一场,周三至
周日每天两场,周一休息,每周共安
排 11 场。票价为 55 到 119 美元,
儿童票 35 到 95 美元。

　　《龙狮》来澳洲之前已经在欧美
地区演出七年,观众超过 700 万人
次。这样,我们已经可以大致算出

太阳马戏团节目《龙狮》

它的总收益——大约 3.5 亿美元,折合人民币约 20 多亿元。

　　这样一台效益骇人的演出,其核心的杂技演员却大部分是向中国的杂
技团借来的。如果中国演员继续与太阳马戏团履行合同,《龙狮》的全球巡
演在未来几年持续下去——这几乎是确信无疑的——将总共为太阳马戏
团带来 6 亿多美元的收入,相当于 40 多亿人民币。

　　不可否认,中国演员在剧组里享受的是比较公道的待遇,在欧洲每人
每天可以领取 40 美元生活费,这个标准在北美降为 35 美元;伙食费不另
扣钱,演员国内工资照发。除此之外,太阳马戏团每年另付给中演公司和
成都军区杂技团演出费 60 多万美元,由两家按比例分成。

　　但是相比《龙狮》这只现金母牛,中国演员的收益实在微不足道。那
么,太阳马戏团凭什么拿走演出的绝大部分收入呢?

　　张宇分析,太阳马戏团投入《龙狮》的前期费用总共超过 2 000 万美

元，作为投资方承担了巨大的风险；整台演出编导和整体创作思路是太阳马戏团提供的，保证了演出风格符合欧美观众的口味；最重要的是，太阳马戏团掌握了商业演出的关键环节——渠道。在任何一个城市首演前的三个月，它已经在当地政府、媒体、观众兴趣等几个方面做足了宣传和推广，甚至经常把前几十场的票都卖完了。

太阳马戏团节目《龙狮》

"我们不得不承认，这就是差距。"张宇说。

太阳马戏团的核心竞争力是中国演出团体无法拷贝的。以常驻英国演出的中国某个杂技团为例，他们的演出票价属于表演艺术中最低的一类，最低 7 英镑，最高 25 英镑，平均票价 15 英镑。每场 1 000 个座位的平均上座率只有 30％，约收入 3 771 英镑。按每天两场、每周 12 场计算，全年票房总收入约 170 万英镑，加上出售饮料、零食、节目单和纪念品的收入，全年总收入近 200 万英镑，还不到《龙狮》一个月的收入。

为了节约成本，这个团在英国各地的大棚里巡演，演员们夏天住卡车集装箱改装成的房车，冬季因房车无取暖设备而改住廉价旅馆，比起"公主号"游轮的豪华客房、太阳马戏团的四星级以上饭店和玲玲马戏团的火车卧铺车厢，其吃住条件都艰苦多了。

中国杂技依靠自己的力量走出去如此艰难，与国外公司合作输出就成为主要的方式。像中演公司和太阳马戏团这样顶级的合作案例毕竟是少数，大部分杂技演员在海外都沦为廉价的"打工者"。有的小团出国只图个生活费，于是经常出现同行之间互相压价的恶性竞争；有的国外经纪人看重眼前利益，满足于低成本运作，也缺乏创新的愿望。中国杂技在海外的演出只能简单重复再生产，勉强生存，在微利和亏本的临界线上苦苦挣扎。这种海外输出不仅没能大大促进中国杂技的发展，反而有演变成顽疾的趋势。

就这样，渡海的中国杂技演员换了几代人，由当初"为国争光"的自豪，渐渐变成在各种低档演出场所赶场的奔波与劳碌。20年前，中国杂技演员在海外的收入是每人每天30美元，这个标准至今没变过。

长期"死水一潭"的状态使中国杂技的国际竞争力逐年降低，中国杂技的传统优势也逐渐被时间磨灭。目前，朝鲜杂技团节目质量不差，价格却要低得多，演员的吃苦耐劳和纪律性都比中国演员还好。要是他们形成规模来参与国际竞争，我们恐怕连现有的票价都维持不住。

中国杂技到了生死存续的危急时刻，这并不是一种夸张的说法。

中国传统杂技表演

中国传统杂技表演单手顶

可是,与整个中国文化产业的海外输出相比,恐怕杂技演员还要暗自庆幸呢。

在我国对外演出的所有文化产品中,杂技位列"金字塔"尖,占据了所有对外演出份额的 30% 以上。在经济效益上,其他艺术种类海外商业演出取得的票房连"杂技的零头"都不到。

在国内,我们经常听到"某某演出在海外获得空前成功"这样的消息,却很少有人注意到这些演出大部分是以文化交流为目的的"免费午餐",所谓的成功也往往局限在华人圈子里。至于海外的商业演出,这几乎是一个文化界羞于提及的概念。前段时间,某位在春晚上呼风唤雨的"大腕"赴美演出,赠票太多、票房惨淡,弄到最后食宿无着,也算侧面为中国文化海外商演做了一个尴尬的注脚。

文化部部长助理丁伟在一次记者招待会上坦言,中国现在还没有能够吸引人的、占领国际市场的文化产品,尤其是被

中国传统杂技表演剧照

人们广为接受的品牌性文化产品。"中国有 5 000 年优秀的传统文化，但是这种文化资源怎么转化成对外文化贸易的产品？这里面还有很大的距离。"

中国传统杂技表演抖杠

华夏文明 5 000 年的积淀，赋予了中国文化产品丰富的内涵。历史与现实也不断证明，中国文化与西方文化有契合点，有吸引西方观众的独特魅力。中国文化产品没有任何借口不能在世界舞台上占有一席之地，实现"物有所值"。

不仅中国文化人在反思，连许多老外都在替我们着急，一位来华访问的美国学者总结说，中国人总是乐于把春节晚会式的大型晚会搬到对外交流和商演的舞台上，一些省份甚至把自己的周年庆典活动作为"文化名片"拿到国外，试图复制国内的成功。但事实上，东西方在这方面的口味是不一致的。外国人更希望看的是原始的、真实的中国民间艺术的本来面目。在不同的艺术观念选择下，对"品牌"的标准自然不同，因此，在海外复制国内的演出模式，导致演出的观众基本以华人为主，完全悖离了"文化出口"的本来目的。

中国文化产品怎样才能在世界舞台上获得成功？这个问题已经演变为：我们该怎样打造属于自己的文化品牌？不仅是为了捍卫中国文化

的尊严,更是为了自身的持续发展,中国文化界的有识之士为此不断做出尝试。

张宇敏锐地感到,国内拥有最好的票房基础、又面临最严峻生存压力的杂技界最有可能率先走出第一步。谁会成为这个勇敢、幸运,又将面临严峻挑战的先行者呢?

时空法则第三条:天时、地利、人和,看上去像是等来的。可是,当你下定决心放弃寻找、等待机遇的时候,机遇从来就不会主动光顾。

第二章　鸣锣开鼓

本章核心人物

黎瑞刚

1994 年毕业于复旦大学新闻学院,获文学硕士学位。同年加入上海电视台,担任纪录片导演和电视深度新闻栏目制片人,1998 年任职市委办公厅秘书,2001 年在美国哥伦比亚大学担任访问学者,研究传媒管理和经营。2002 年 10 月起任上海文广新闻传媒集团总裁。2009 年起兼任华人文化产业投资基金董事长。

宗　明

上海市杨浦区委副书记、区长。曾任上海时空之旅文化发展有限公司董事长。历任:共青团浦东新区工委副书记,书记;共青团上海市委副书记;上海电视台党委书记;上海文广新闻传媒集团公司党委书记。

竺自毅

中国对外演出公司副总经理,《时空之旅》发起者之一。他经历了中国海外商演从独家垄断经营到半垄断经营,直至市场竞争的整个过程。作为行业内最资深的几位演艺经理人之一,竺自毅主要从事对外演出业务,并负责演艺项目的制作和推广。2003 年,他和上海杂技团联合制作了舞台剧《太极时空》,在海外获得巨大成功。

　　《时空之旅》是由上海文广新闻传媒集团、中国对外文化集团公司、上海杂技团/马戏城三方联合投资的。三个投资方成立了一家独立核算的项目公司——上海时空之旅文化发展有限公司来负责运作经营。项目总投资 3 000 万元，三方各投资三分之一。投资各方风险共担、利益共享。

　　这三家并不隶属于同一系统，甚至分别处于北京、上海不同文化圈里的机构，是怎样最终走到一起的呢？

　　2001 年，为了庆祝上海杂技团建团五十周年，团里动员内部人才编排了一台新节目《飞跃 50 年》。虽然这台演出与俞亦纲心中的国际级演出产品的设想还存在一定的差距，但是也已经很全面地展示了上海杂技团的高超技巧和创新能力。付出总有收获，这台节目虽然没"达标"，却成为《时空之旅》的两家发起单位结缘的契机。

　　原来，《飞跃五十年》演出的时候，中演环球制作公司总经理竺自毅正坐在台下。本来这次从北京来到上海，竺自毅并没有带着工作任务，但一场演出看下来，他却不由得想起中演公司最近正在筹办的一件大事。

　　原来，在世界文化演出市场酝酿深层次的变革的过程中，加拿大太阳马戏团已经先行一步。在其经典剧目《龙狮》获得了惊人成功的背后，中演公司看到了市场蕴含的巨大商机。

　　中演高管的想法与上海杂技团不谋而合：要想保证竞争力并且在市场上立于不败之地，必须拥有自己的原创作品，打造自己的品牌。因为主要面向国际市场，中演公司很自然地想到要打"马戏牌"。来上海之前，竺自毅已经与国内多家杂技团接触过，并且与其中的四家达成了初步的合作意向。但在合作方式上，这几个团却仍然在与国外马戏经纪人打交道的惯性思维中考虑问题，希望中演出资并且包装运作，他们共同凑人出节目。

《飞跃 50 年》给竺自毅带来了耳目一新的感受。他原本就是在北京工作的上海人，从小耳濡目染的海派文化对于他有种先天性的亲近感；常年带团出国，他对海外观众的口味也有充分的了解。竺自毅觉得，上海杂技团制造出来的文化产品似乎更符合国际巡演的要求。他最后决定，回北京之前找俞亦纲聊聊。

这一聊，就聊出了意想不到的结果。俞亦纲对他说："上海杂技团要改变打工者的身份，要做投资人，要成为市场运作的主体。"直到今天，俞亦纲回忆起那次谈话依然神采飞扬，"竺总没有想到的是，

竺自毅与艾瑞克

寻找共同投资的合伙人这件事情，我们想到一块去了。"因为一台演出，两个人坐在一起；又因为俞亦纲的一句话，捅破了最后一层窗户纸。从此，两家单位找到了共同施展抱负的舞台。

连接京沪的合作

如果说《时空之旅》是一篇不断递进，最后达到高潮的华彩乐章，那么它的前奏就是一个名为《太极时空》的小成本运作。

中演公司和上海杂技团对合作内容和合作方式达成共识后，立即进行

了一次试探性的预演。说《太极时空》是试探性的,指的是战略层面它对于海外市场的试探;合作双方在战术运作层面几乎没有任何试探,百分之百地互相信任。为了一个光辉灿烂的前景,他们铆足了劲共同前进。

《太极时空》剧照

中演公司将最优秀的编导人员派到上海,为《太极时空》出谋划策;上海杂技团遴选最出彩的节目,力求最好的演出效果。既然这种合作没有先例,预决算也不成体系,谁出的人,费用就由谁来支出。至于大笔支付给第三方的款项,则采用最原始的方式:一家一半平均分摊。

资源整合后产生的化学效应是谁都没有预料到的。双方的投资总共只花了 200 万元不到。2002 年《太极时空》赴德国巡演,演出了 149 场就收回全部投资并有盈利。接着,各类海外演出的邀请纷至沓来,美国、澳大利亚、法国、泰国等国家的大演出商都在与中方洽谈《太极时空》第二年的演出计划。

这时候,两家投资主体单位却自己叫停了这个节目。用俞亦纲的话来说,《太极时空》是一出"注定不能长期化"的节目。它的排演和运作都建立在双方互信的基础上,但是,仅仅有信任是不够的。要进行长期的市场化运作,

必须由体制来保障各方
的利益。

　　我们有没有可能
再往前走一步？在一
片对《太极时空》的叫
好声中，俞亦纲和竺自
毅开始了又一次反思
和新的探索。

《太极时空》剧照

　　2004年9月，俞亦纲兴冲冲地将合作方案提交给中演公司。可是，一直等到12月中旬，对方却迟迟没有表态。

　　外国导演请到上海来看过了，连咨询费都支付了，这时候迟迟不动手，中演公司还在等什么呢？俞亦纲坐不住了，他当即北上，做最后一次努力。但根据这么多年来的经验，他也做好了最坏的心理准备。

　　情况正如俞亦纲所料，中演公司的高管基本上认可这个方案。可说服整个团队拿出总计1 500万人民币的投资，却是一个漫长而艰难的过程。

　　反对方的核心意见是，这个"看似公平"的分配方案可能导致中演公司最后一无所得。马戏城出租场地获利，杂技团劳务输出也享有固定的收益。如果这些都作为成本拿走了，最后却没剩下利润，中演公司分到手的是什么？最终中演公司也许会成为"陪太子读书"的尴尬角色，甚至赔钱赚吆喝。

　　听了这些意见，俞亦纲觉得有点委屈，但是他能够理解他们。中演公司已经由一家政府机构转变成纯粹的企业，它的运营方式类似于中介：辛苦地为双方服务，最后赚取不多的佣金。每一块钱都是一线员工奔波于国内外演出市场赚来的,谁舍得如此大肆"挥霍"呢?

俞亦纲渐渐明白了,反对者主要还是对《时空之旅》这个新项目的盈利没有足够的信心。

相比较而言,虽然同样是民主集中制,俞亦纲手中可以调配的资源却更灵活些。全国所有杂技团都采取低成本运作的模式,上海杂技团也不例外。没钱怎么办?这时候,银行贷款帮上了忙。

"国内杂技院团借钱搞演出,这还是第一次。"可想而知,俞亦纲承受了巨大的压力。杂技演员不想再折腾,排练《太极时空》已经折腾了一回,社会反响还不错,现在何苦推倒重来又折腾一台新戏?管理层也不理解,杂技团的日子没到不能过的地步,花这么多钱,背负这么重的债务,真的有必要吗?在交流会上,没有人明确提出反对,但是也少有人积极支持。"这种感觉很微妙。"俞亦纲说,大家似乎决定顺其自然。

杂技团工会于是组织了二十多位职工代表,共同商讨《时空之旅》项目的投资事项。在会上,俞亦纲开始了他的激情演说:"大家都在想,《时空之旅》输了怎么办?可是有人想过没有,万一《时空之旅》赢了呢?现代企业制度的规则是,谁出钱利润就是谁的。如果《时空之旅》大获成功,最后上海杂技团也只能写在'演出单位'这一栏里面,其他的权益我们主动放弃了。演出的收益全部归中演公司和上海马戏城,品牌也是他们的,一旦他们决定不找上海杂技团来演,我们就什么都没有了。"

在座的都是在杂技圈中浸淫多年的专业人士,怎么会理不清其中的利害关系呢?更何况《龙狮》已经成为一个活生生的先例。经过一番利弊权衡,会议的风向变了。

他的发言获得了积极的响应。俞亦纲明白,与会者已经把心中的"反对"调整为"争取",他放心了。一番争辩下来,会议最终决定:杂技团将承担总投资的六成。

回想这一次有趣的会议,俞亦纲感触很多。大家不是不要改革,而是需要更多的沟通来相信改革的方案。俞亦纲了解张宇的思路,知道他有谋定后动的全盘计划。只不过,张宇为什么没有像他预想的那样,马上着手实施这个计划,这让俞亦纲心里没底。

北京之行的最后一个晚上,张宇主动找到俞亦纲,嘱托他先不要着急,先回上海等消息。这台节目一定要办,但是急不得。得到张宇的承诺,俞亦纲轻松了些,因为他已经知道《时空之旅》必将上演。

时空法则第四条:文化产业的发展有时候更接近"信心经济"的本质。在打消疑虑、坚定信念之后,创造性呈现几何级数的增长,原先的不可能也就变为可能。

寻找强大的媒体平台

这时候,文化部的一纸批文已经放在张宇的案头,上面写着:"同意你公司与上海马戏城合作,聘请加拿大艺术创作小组参与制作'精彩上海'剧目。"(《精彩上海》为《时空之旅》曾用名)

张宇敏锐地感到,《时空之旅》不仅要办,而且将成为集团公司体制改革中的一个重要的契机。反对和疑惑的声音是难免的,正因为改革中有这些争议,才要通过《时空之旅》这样的项目来验证理论的实效。

张宇心里考虑的是另一件事,一件将决定《时空之旅》成败的大事。为了做成这件事情,他坚持将《时空之旅》的排练硬生生地拖后了三个月时间。甚至可以说,后期的仓促很大程度上都是因为这件不得不做的事情。

其实,通过这一次和俞亦纲等人的接触,张宇对于和上海杂技团/马戏城合作已经是板上钉钉的事情了。他心中有一个基本判断:首先,上海杂技团的实力可以排在全国前几位,节目质量无可置疑,现在又有了上海马戏城这块宝地;其次,中演和上海杂技团的合作已经经历过实战的考验,《太极时空》在欧洲的成功证明中国人也能打造好看的"新马戏";其三,上海杂技团的管理层团队能力优秀,对于排演新戏愿望强烈、态度坚决,也逐渐理顺了中层和基层的思路;最后也是最重要的是,张宇十分看重上海的文化市场。

几乎每一座中国城市都有值得大书特书的文化底蕴。一些城市可能"更山水、更传统、更渔歌唱晚",但是你看不到二十一世纪的中国。上海则不同,你尽可以回溯烟雨江南、思念小桥流水,但是你始终不会忘了正身处现代的中国。张宇认为这就是上海给全世界的感觉,而这种感觉就是《时空之旅》需要的东西。

存在决定意识,艺术是对社会的折射。由这一方水土养育的这一方人,来制作这样感觉的一台戏,至少不会走偏。张宇是山东人,常年在北京工作,身处北派文化的核心。他的这一番话属于站在山外看山中的风景,可谓十分客观精到。

有意思的是,无论是浸泡在海派文化里的俞亦纲,还是由南至北经历生命轮回的竺自毅,想法都和张宇不谋而合:由上海来做这样的杂技大戏会更"有腔调"。

这也是中演舍近求远投资上海的原因之一。但是这种商业远足却造成了一个很隐蔽的劣势:恰如军队去打一场长途奔袭的战役,会在粮草补给上吃亏。

《时空之旅》万事俱备,只欠东风,唯一的问题在于推广能力严重不足,渠道几乎全无。中演实力再强,毕竟是一家以北京为"主场"的文化运作单位;上海杂技团只是一个表演团体,在推广上有先天性的劣势。推广渠道成了《时空之旅》木桶上的短板,严重制约了它的发展。

中国的文化团体推广渠道不足,推广能力有限,这一直是张宇的一块心病。太阳马戏依赖对演出渠道的占有拿走了《龙狮》的大部分利润让他大呼"可惜"。十几年来研究世界娱乐产业的发展让他看得更清楚:时代华纳、索尼、迪斯尼这些产业巨头,哪一家不占据着宝贵的传媒资源?!

"中演参与《时空之旅》的投资,没问题。但是,只有我们两家还不够,一定还要有一家有实力的上海传媒集团加入。"张宇的决定最终奠定了《时空之旅》三方合作的基础。

几何学告诉我们,三个点能决定一个稳定的平面。在商业模式上,平等的三位投资者利于降低风险。碰上难以决断的事务时,三方可以通过投票更有效率地进行决策。前提是,三方都要有足够的信任,并且优势资源互补。

考虑到杂技这种表演形式的传播途径主要还是视觉和听觉,而在这方面电视媒体有不可比拟的优势,张宇心中最理想的合作对象就是上海文广新闻传媒集团(以下简称"上海文广")。就在他思忖着找个机会和文广总裁黎瑞刚谈谈的时候,两人却意外地相遇了。

张宇笑称："这是一个历史的巧合。"在中宣部和证监会举办的联合培训班上，他和黎瑞刚恰好坐在一起。上课之余，张宇向黎瑞刚详细介绍了策划《时空之旅》的想法和目前的情况。

黎瑞刚当即表示："如果能够顺应国际马戏变革的潮流又能做出中国文化的内核，这个想法应该可行。"张宇这次可谓适逢知音。

原来，2001年上海文广成立之初，就包含了很多艺术院团，上海当年18个文艺院团中有14个归上海文广管理。虽然后来因为工作上调整，黎瑞刚不具体分管文化行业了，但是他对艺术院团还是非常了解。他一直认为演艺产业有市场机会，也一直在找寻发展的契机。中国有这么庞大的人口，经济在高速增长，老百姓除了基本的生活需求外，还有更多的精神文化和休闲消费需求，这里的市场机会很大。

回到上海后，黎瑞刚向上海市领导详细汇报了《时空之旅》的有关情况。上海市有关领导在北京约见了张宇，没有谈具体的实施细则，只讲了一点要求："不要做成一个非驴非马的东西，《时空之旅》要成为上海的一张名片。"而名片的标准就是无论外国贵宾还是中央领导来，上海都可以很自豪地邀请他们去观赏《时空之旅》，体会上海的历史、现在和未来。

如果《时空之旅》可以达到这样的要求，

黎瑞刚在演讲

不仅上海文广要投资参与，"上海所有媒体都会为它呐喊叫好，所有的上海市民也会自发为《时空之旅》的发展加油助威。"

市领导说到做到。2005 年 5 月，上海文广正式加入《时空之旅》，成为第三位投资者。总共 3 000 万元人民币的投资由三家单位平均支出，三方共同承担《时空之旅》的投资风险，也共同分享收益。

时任上海文广新闻传媒集团公司党委书记的宗明，被三方共同推举为时空之旅公司的董事长。她表示："要用创新的理念、创新的手段、创新的勇气积极地面对市场、面对受众对我们的考验。"此后，"创新"成为《时空之旅》发展的基调。

"以往我们所从事的工作更多的是带有一种'物理'的性质，如今我们的工作是一种'化学'反应的工作。"张宇这样评价《时空之旅》给中演带来的深刻变化。通过文化生产要素的集成，中演和上海文广、上海杂技团/马戏城实现了优势资源的重组整合，共同创造了一个有灵魂、有生命的新产品——《时空之旅》。更为重要的是，新产品不是一个行业内或者一个系统内的近亲繁殖，而是一个跨行业、跨系统、跨部门、跨地域，甚至是跨国界的远缘嫁接。

中演一直在探索文化体制改革，这种改革不是从事业单位变成企业性质就简单画上句号的。它是一种深层次、全方位的变革，而这种变革需要事件的拉动，需要产业发展的契机。创造《时

宗明

空之旅》,意味着中演向着重塑市场主体、创造国际化的中国市场型文化产品的目标迈出了坚实的一步。

2005 年 5 月 26 日下午,《时空之旅》的三个投资方在上海广电大厦八楼召开了新闻通气会暨合作签约仪式。这其实是《时空之旅》品牌首次公开亮相的新闻发布会。除了上海文广旗下的媒体外,上海滩有一定影响力的媒体几乎悉数闻讯到场。甚至来报道上海旅游节的外省市记者也被邀请到场。发布会总共汇聚了 55 家媒体的 78 位记者,可谓盛况空前。

《时空之旅》在未公演之前就成为华东乃至全国媒体关注的一场重要演出,上海文广功不可没。此后,《时空之旅》从创意彩排开始,一直被摄像机镜头追踪、被记者的纸和笔不断记录。作为一件文化产品,它享受到了前所未见的媒体礼遇。如果没有上海文广作为投资方真正参与进来,这一切是难以想象的。

竺自毅向媒体介绍了《时空之旅》的看点:这台戏将"采用大型装置,声、光、电、水雾的运用"将人们带入新的境界;另外,该戏还将融入音乐剧元素,中西乐队的现场演出更令"效果达到极致"。随后,总导演艾瑞克和编导黛布拉分别介绍了本台剧目的创意构想,"通过现场多媒体演示的方

《时空之旅》投资三方新闻通气会

式让人们第一时间领略到具有梦幻色彩的舞台效果。"

　　今天再回头看当初各路媒体对这次发布会的报道会很有意思。大部分到场记者表示"惊叹"，许多提到了"创意"与"改变"，可是具体哪里有不同，又纷纷语焉不

《时空之旅》投资三方合作签约

详。这是理所当然的，因为召开发布会的那天，《时空之旅》的创排才刚刚开始不久，就连艾瑞克都不知道最终的"舞台效果"会是什么样。

　　可是，黛布拉还是想办法"震动"了记者。现场播放了她在第74届奥斯卡颁奖典礼上编导的节目片段，其效果无疑是令人赞叹的。"奥斯卡"的品牌首先让人们认可了《时空之旅》编导队伍的能力。

　　如果把《时空之旅》的市场运作作为商业案例分析，5月26日的发布会可以称得上商战中瞒天过海的奇招。让人们对一个还不存在的商品产生信心和强烈的购买欲望，很难。但《时空之旅》的团队做到了。

　　发布会的另一个关键词是神秘。当艾瑞克被追问《时空之旅》究竟讲述一个怎样的故事时，他表示无可奉告。我相信艾瑞克这一次不是在拿外交辞令搪塞敷衍，他真的没有东西可以告诉翘首以盼的记者们。不过，在这神秘气氛的渲染下，发布会后，各大媒体都还是以精彩的文章对演出表示好奇，言辞之恳切证明了"神秘感"并不是阻碍观赏热情的障碍，反而是

求之难得的催化剂。

发布会尾声,文广影视集团党委书记、总裁薛沛建表达了官方对《时空之旅》的殷切期待和极高要求:海纳百川,吸收人类在文化方面的成功因素;为2010年世博会提供一台足以供7 000万旅游观光客人欣赏的优秀剧目;打造世界水准的艺术精品,从编排开始就考虑将来世界巡演;建立激励机制,在文化体制、运作体制改革上要取得试点经验。

任何一条对于刚刚出生不久的《时空之旅》来说,似乎都是高不可攀的目标。但是每个中国大型文化项目都要接受这样的涅槃:如果回避政策支持和合理引导,就很难真正走出一片天地;而一旦接受这种期盼,就意味着要承受巨大的压力,许多人因此而抱怨。其实,这种状况符合一切商业行为的规律。不妨将政策支持视为一种特殊的巨大的社会资源,要享受它就要承担相应的风险,风险中又孕育着巨大的机遇。这时候,唯有勇者能胜。

其后,事态的发展非常符合张宇对于上海文广传播能力的判断。发布会第二天一早,一位姓唐的观众就冲到上海马戏城购票,成为国内第一位买到《时空之旅》首演票的幸运观众。接受采访时他说:"看到了从未看到过的舞台剧演出形式。"首演票很快售罄,观众对于能够欣赏到一台"颠覆性"的演出充满信心。这时候,唯一心中没底的反而是《时空之旅》的创排团队。

在首演票的购买者中,还有一位金发碧眼的外国人。他的中文名字叫高峰,是加拿大人。2005年7月18日,高峰一口气买了300张首演票,为9月底魁北克代表团的上海访问预定了一个有意义的节目。魁北克政府官员来上海看一场由魁北克人编排的节目,再没有比这个更能体现中加友好的事情了。

高峰说,他非常盼望看到《时空之旅》的演出。

他不知道,直到热乎乎的票塞到他手里的时候,《时空之旅》尚未进行一次完整的合练。总导演艾瑞克正在为能否如期首演而担忧。

时空法则第五条：用大众传媒来推广文化产品并不鲜见，却常常陷入短期效应的困境。问题在于，文化单位如何与传媒建立一种牢不可破的关系。行政命令？领导者的个人感情？最有效的方式唯有资本层面的整合。

现代企业制度的魔力

2005 年 7 月 26 日，为《时空之旅》演出成立的项目公司上海时空之旅文化发展有限公司(以下简称"时空之旅公司")正式注册成功。

这家看上去毫不起眼的公司最早租用民房办公，后来搬到上海马戏城5 楼，至今还没有独立的办公场所，办公环境相对简陋。我不知道将来人们谈到中国文化体制改革的时候，会不会像谈柳传志的中科院研究所传达室或马化腾的电脑机房那样，把这个公司成立的旧址看作一个时代的符号。至少在我心里面，它有这样的地位。

俞亦纲的办公室，往上走两层，就是时空之旅公司的办公场所。

我第一次来拜访的时候，根本不了解这家公司和这台节目之间的关系，更理不清它和几个投资人之间的来龙去脉。我心想，反正《时空之旅》在马戏城里上演，有必要成立一家公司来维持它的运转吗？至多有一个类似于管理委员会的机构不就足够了吗？

后来我才渐渐明白，时空之旅公司的成立恰恰是这次文化体制改革的核心成果。从某种意义上说,这个公司架构的意义远远大于一台节目成功的意义。这究竟是怎么一回事呢?请听我慢慢道来。

在上海马戏城里,你很容易就能认出时空之旅公司的工作人员:清一色朝气蓬勃的年轻人,眼神充满自信与朝气。

"怎么可能弄混呢?马戏城每个月还要收我们的水电费呢。"他们笑着给我解释公司和上海马戏城之间的关系,"现在只是租用马戏城的场所来办公,条件成熟了我们还是要搬出去的。"

就像母体里诞生的新生命,时空之旅公司从呱呱坠地的第一天开始就显示出主动的独立性和强大的生命力。后来的发展也证明,它不仅是中国文化产业体制机制创新的一次伟大尝试,也是《时空之旅》这出大戏成功唱响的最重要原因。

投资各方风险共担、利益共享,单独为一部剧目投入巨大资金并成立项目公司的做法以前在国内还是不多见的。《时空之旅》在制度创新上的核心,就在于整合各种优势资源,创造了一个有创新能力、具有集成商功能

时空之旅公司全体员工合照(2007 年)

的市场主体。

这个想法最早是黎瑞刚提出来的。三方投资的意向确认后，首先面临的问题就是：以什么样的架构运行这个项目。黎瑞刚坚决要求公司必须按照现代企业制度发展的要求建立法人治理结构，实行市场化运作。

中央电视台采访时空之旅公司董事长、上海文广新闻传媒集团总裁黎瑞刚

时空之旅公司的成立使各方关系明晰了：马戏城出租场地，杂技团提供演员，中演公司组织国际交流，文广集团在技术和媒体宣传环节予以大力支持。三家单位为《时空之旅》"打工"，又同为投资方。《时空之旅》的收入，刨去公司日常开销、演员劳务费用、租上海马戏城的场地费、水电煤气道具修理等各种杂费，剩下的即为效益，三家按投资比例进行分配。

既然新成立的时空之旅公司要向投资方的资本负责，要承担资本增值的压力，那就决定了它不能再守着原本文艺院团创作和经营的体制模式，而必须面向市场，独立完成《时空之旅》的策划创排、宣传推广、运作经营、市场营销等工作，以公司制的企业模式进行现代化的文化产品项目管理，使优秀的"文艺作品"真正成为有市场、有观众的"文化产品"。

三个投资方共同推举宗明担任上海时空之旅文化发展有限公司的董事长。

宗明立即按照现代企业制度对公司架构进行梳理。这是一个崭新的公司，但是又与传统机制有千丝万缕的联系。它的组建实际上是传统文化单位在体制机制上的全面创新。

首要之义是主体的明确。时空之旅公司是一个有灵魂、有生命的市场新主体，它靠市场的养分而发展壮大，不依赖行政命令或者财政补贴。更为重要的是，这个新主体和这个新产品，来自跨行业、跨系统、跨部门、跨地域，甚至是跨国界的远缘嫁接。它的前进方向和发展目标是：在一个大文化的层面上，重塑市场主体，创造国际化的中国市场型文化产品。

正如张宇形容的那样，"以往我们所从事的工作更多的是带有一种'物理'的性质，如今我们更多的是在从事具有'化学'反应的工作。"我认为他的话还有另一层面的意义，三个投资方对这种"化学反应"的直接控制力无疑变弱了，但是时空之旅公司作为主体的活力爆发了。一旦它以现代企业的身份进入正常运营的轨道，其经济效益和社会效益是无穷的。

公司成立带来的另一个好处是可以直接引入现代企业管理制度。从组建之初，宗明就坚持市场化招聘和市场化考核，责任权利对等。就像交响乐团的指挥棒，现代企业管理制度让原有的事业单位在人事、财务、制度上的纠结一挥而空，整个团队神奇地停止内耗，共奏和谐的乐章。它带来的好处，稍后你还能在《时空之旅》的发展历程中多次看到。

总之，在当时的公司董事长宗明看来，制度创新更带有根本性，可持续性。可能几位倡导者还未能想到将来这种制度和模式创新会获得怎样的成功，但是已经意识到这将会是实践总结的唯一可行的运作模式。

首演前的挣扎

中国人做事情讲究名正言顺。因为《时空之旅》有如前所述的三方资源整合的过程,导致整台演出彩排的时间比原定计划大大推迟了。

迟到什么地步?首次全体演员带妆彩排一直拖到 9 月 25 日才得以进行。不用掰着指头数了,两天后就是《时空之旅》全球首演的日子。

尽管只是彩排,但是形式与正式演出并无二致,整个剧场座无虚席,邀请来的中外观众汇聚一堂。当然,所有参与创作的人员和投资方代表也全部在场。

竺自毅是观众中少数几位熟悉节目的人。在《时空之旅》编排的这段日子里,他不仅要为三方整合资源的事宜劳心劳力,还要对节目的质量进行监控。他干脆放下北京的工作,带领展玉成等中演团队驻扎上海,审核甚至参与创作每一个节目。不过,他熟悉的也只是单个节目,而非《时空之旅》的整体面貌。彩排以前,串编在一起的《时空之旅》没有一个人看过。

除了对演出能否顺利进行的担心,竺自毅也感到有几许观演前的兴奋。经过那么长时间的煎熬,现在总算告一段落,几乎所有观演者都有类似的心情,急着看看这台期待已久的大戏究竟怎么样。

全场一片漆黑,演出在极富中国民乐特点的音乐中拉开序幕。突然,舞台上的巨大玻璃罩里出现一丝微光,隐隐绰绰地晃动。随着玻璃罩被轻轻吊起,玻璃内一名穿着天使般白纱的杂技演员伸展着柔美的肢体,把观众带入梦幻时空。

激光水幕、全息投影等多媒体技术把舞台打造得如梦如幻,蹦床和蹦极又演绎出上天入地的效果,观众被完全笼罩在一片神秘的气氛中。很快,一叶"远古之舟"徐徐划向舞台中心,演出的第一个精彩看点"晃板踢碗"登台了。戴玙一亮相,观众的注意力立刻由江南水乡转移到他用脚尖顶着的碗上。当这碗被倏地挑入演员头顶的碗里,"哐当"一声落稳时,观众的心也随之落下,坐席中爆发出热烈的掌声。

这个开局不错,但仿佛为了回应制作团队刚刚拾起的信心,麻烦来了。

首先制造混乱的是声音,该有音乐的时候声音出不来,演出进行的当儿又突然冒出奇怪的音效。紧接着,灯光也开始捣乱,不对准舞台核心,却频繁扰乱观众的视线。

接着,"时空之轮"登场,它是由 3 个直径达 2 米的小轮组合成的一个高达 10 多米的 360 度不停转动的巨轮,演员在转动的车轮的内壁和外沿上完成一系列惊心动魄的表演。巨轮由电力驱动自动登台。可是,就在它向台中央缓缓移动的时候,只听见"咔"的一声巨响,"时空之轮"停止了转动。后台随即发出一片惊呼。原来,巨轮太重,木质地板的承重能力不够,被压瘪了一块。演出不得不暂时停止。

道具尚且如此,演员的技术动作就更不用提了,小毛病不断。好在观众对于"试演"有足够的心理准备,演出的技巧水平也确实是在向高难度挑战。台上虽然失误频频,台下观众的掌声却是一次比一次热烈。

断断续续的彩排终于结束了。出乎所有创作人员的意料,不少观众显得异常兴奋,对《时空之旅》崭新的艺术形态大呼过瘾。

一位观众在演出后说:"我觉得这样一台杂技很新颖,它把我们经常能看到的杂技节目用全新的技术和内容包装,包括演员穿的白纱衣等服饰都非常古朴,很有韵味。非常棒!外国朋友肯定会很喜欢!"

观众的热情回应让创作团队小舒了一口气。根据首演观众的反馈来看,"这出戏没砸"。目前的问题集中在演员的技术细节和节目之间的衔接上,这两个问题如果解决不好,《时空之旅》是难堪大任的。但是,至少杂技的大方向似乎走对了。宗明坦言,获得这种结果"我们很庆幸"。

《时空之旅》能否获得成功还不知道，但是对比这四个半月的辛苦和压抑，彩排至少让他们看到了一丝希望的曙光。

中方这样的投入，找外国导演排练杂技还是第一次。所有的沟通都没有先例，只能硬着头皮上。"我们只能告诉艾瑞克，我们希望是什么样子，能不能有这个？能不能有那个？"幸运的是，这种中西结合的创意最终获得了市场的认可。

没有时间让宗明他们感慨，距离首演只有不到 48 小时时间了。彩排结束后，演职人员立即投入到进一步修改完善节目的工作中。

节目要到什么时候才能最终修改完成？答案是，直到演出前的那一秒钟。

如果《时空之旅》提前两年开始排演，那么，首演之前演员能否获得一个月的休息时间，艾瑞克是否可以安心地在中国旅游，静静等待幕布拉开呢？答案恐怕是否定的。

"不管提前多久，不到演出前的最后一分钟，你还是来不及。"

竺自毅在给我解释这种"赶工"的时候，举了 2008 年北京奥运会的筹备作为例子。他的话让我想起了开幕式前不久和"鸟巢"中方总设计师李兴钢的会面。

当时的李兴钢正埋首于设计图纸和文案堆积而成的小山里。我敢发誓这辈子没见过比他的办公室更凌乱的地方，在今后的岁月里我也不敢奢望还能见到如此繁杂的各种文件。瘦削的李兴钢蜷缩在办公室的一角，被淹没其中。

众所周知，"鸟巢"是举国关注的建筑。2003 年 4 月 17 日，它击败众多对手，拿到"出生证"。到 2008 年年中，它的建造已经历时 5 年。如果说是建筑方故意忽视"鸟巢"工程，没有拿出应有的效率，可能性实在太低。但是，它的工期仍然不可避免地被一拖再拖。

首先是"奥运瘦身"使"鸟巢"原定的造价大幅度缩减，接着去掉了可开启屋盖，随后为了安全考虑又减少用钢量、去掉一部分坐席。直到开幕式前最后一刻，体育场还在根据张艺谋的要求不断对内部设施进行微调。仅施工与调整的图纸李兴钢就签署了 8 000 多张。

"那么，是什么时候你才会最后一次签下名字，告诉自己这一切终于完成了？"我问道。

"不知道会在什么时候。"李兴钢的微笑有些疲惫，"我猜会在闭幕式完满结束的时候。"

在解释对于修改的态度时，李兴钢说了一段让我难忘的话。他说，当你选择建筑师这个职业的时候，你就要准备面对各种各样的修改，这是建筑师这个职业的宿命。

因为，建筑师是无法只用个人的力量就完成创作的。他必须依靠社会的力量，简单地说，有人给他出钱、有人给他出地、有人帮他盖，他才能创造出一个切实存在的建筑物。

当面对修改要求的时候，建筑师就要运用他的职业技巧，发挥最大的智慧和能力把这个修改做好。这是建筑师的一项重要工作，正所谓"工夫在诗外"。也唯有如此，他才是一个好建筑师，才会产生一个好的作品。"不能说你修改了就不是我的了，我就可以不把它改好了。我觉得这个不是做建筑的态度。"

最终，李兴钢等人的努力换来了 8 月 8 日"鸟巢"体育场里美轮美奂、震惊世界的精彩一刻。我想，把李兴钢对于"建筑"的领悟延伸到所有艺术产品的生产领域,都是适用的。

电视行业也有一句话叫做"每一次安全播出都是偶然"。大型演出同样如此,牵涉的环节太多,演员、服装、音响、道具……各种因素都可能造成演出的事故。为了尽量减少这些隐患,筹备期不得不延长。

竺自毅说,到最后一分钟仍在修改的另一个原因来自编排人员"艺术创作的惰性"。他经常碰到这样的情况,给编导两年的时间筹备节目,结果前期的效率就会很低。人们沉浸在艺术创作的思考中,为了怎样取舍而犹豫不决。最后几个月,首演的大限将至,演出的筹备沦为新一次的赶工。

文无第一武无第二,对于艺术的追求是无止境的,也没有一定的标准可供参照,更多时候还是强调一种感觉。舞台表演是一种"遗憾艺术",只能无限向"完美"接近,永远不可能达到这个目标。从某种意义而言,不停地修改正体现了对于艺术不懈的追求态度吧。

《时空之旅》是一台全新创意的多媒体梦幻剧,这种修改是否只是临产前的阵痛呢?很遗憾,答案同样是否定的。

研究太阳马戏的成功时,我看到这样一个例子。

来访者询问太阳马戏的艺术家:"你如何将这些漫无规则的灵感,转化成表演动作?"

"工作期限。"对方笑着回答,"当然,期限总是来得太早,但如果没有期限,你就无法专注。很多在其他状况下无法产生的疯狂点子,都是在工作期限的逼迫下蹦出来的。如果你只有两天的时间去设计一个从高空秋千转到蹦床的动作,你就会想出一个办法让它实现。"

在这位艺术家的眼里,"工作期限"不再是悬挂在头顶的达摩克利斯之剑,而成了艺术创作的巨大动力。太阳马戏将这一条写入对自身总结的教程中,作为"太阳魔术"重要的成功经验。

事实上,太阳马戏团每次排练新戏都会遭遇"工作期限"的压力,有一次还不得不将首演的日期往后推迟了足足两个月。

在这种文化氛围的熏陶下,艾瑞克为什么会成为一位"改到最后"的导演,也就不难理解了。其实,《时空之旅》演出至今已经三年多了,直到今天,他每次来上海还是会从头到尾再看一遍演出,然后继续修改这台戏。小到某位演员应该以什么样的方式登台,大到节目与节目间的衔接过渡,他总有不满意的地方。

即便在《时空之旅》获得空前成功之后,大的改动仍然发生了两三回。有的是为了适应市场的需求而精简时长,有的是为了争取评奖而调整节目内容。

改动的空间始终都有,但是彩排时的第一要义无疑是保证《时空之旅》如期上演。面对这样的压力,艾瑞克却依然故我。不可否认他是一个追求效益的制作人,但是这也无改他艺术家的本质。"时间限制"让这种矛盾彰显出来,在《时空之旅》首演前两天达到矛盾的顶点。

我相信读到这里每一位中国读者都明白,对市场的郑重承诺、各级领导的关注和支持使《时空之旅》首演的日期绝不可能更改。在忐忑不安中,《时空之旅》即将迎接它的诞生日。

时空法则第六条:中国不乏经营运作的高手,也有许多天分过人的艺术家,拿得出手的艺术产品却并不多见。如何将艺术作品转化为文化产品?首先要懂得牺牲和学会平衡。

第三章

贵在执行力

本章核心人物

郑 梅

上海时空之旅文化发展有限公司总经理,《时空之旅》发起者之一。郑梅原任上海杂技团/马戏城的党总支书记。2005 年 4 月,由上海文广新闻传媒集团、中国对外文化集团公司、上海杂技团/马戏城联合投资组建,一个体制创新、机制创新和文化创新的《时空之旅》项目公司即时空之旅文化发展有限公司正式成立。郑梅被投资方委派为该公司的总经理,主要任务是整合投资方的优势资源,将《时空之旅》的艺术开发和推动演艺产业发展联系在一起,实行符合市场规律的公司化运作,对《时空之旅》进行宣传推广、市场营销等,使时空之旅公司成为一个独立运作的集成商和市场主体。

当投资方共同提出希望郑梅担起《时空之旅》这份重担的时候,她距离退休只有三百多天。

郑梅原先的职务是上海马戏团/杂技城的党总支书记,与俞亦纲合作多年,是一起拼杀市场的老搭档。别看她是一位女书记,上海滩如果要选出几位八十年代就积极参与演出市场运营的人物来,郑梅绝对位列其中。

直到今天还有许多文艺团体靠财政拨款过日子,八十年代又会有什么文艺演出市场呢?原来,杂技是最早以纯粹商业演出性质出国的演出项目。当时,只有杂技团出国能挣钱,可以在外长期巡回演出,还不断受到邀请。不过,尽管上海杂技团 1982 年就出国闯市场,为国家赚外汇,但这种演出还是带有垄断的成分,因为国内没有人竞争。

时空之旅公司总经理郑梅

虽说没有经历过真正的市场竞争,但在国外市场的奋斗中上海杂技团毕竟领略了什么叫市场,这为 20 世纪 90 年代以后他们的发展积累了丰富的经验。总结这一段历史的时候,郑梅说,上海杂技团发现自己只知道高技巧,却不明白杂技的艺术化包装;只是一门心思练杂技,却不清楚杂技与其他艺术的关系。结果,在很长的时间里,他们的高难度杂技仅仅成了外国舞台的陪衬,精彩固然精彩,惊人也很惊人,就是不能形成品牌,也没有持久效应,这对市场来说,就等于投入大、产出小、收获少。

20世纪90年代以来,在国内市场经济浪潮的推动下,中国杂技转瞬间冒出了200多个大小团体,杂技团出国变得比以前困难了,传统节目在国外市场也失去往日的吸引力。与中小型杂技团体相比,上海团虽然技术出众,却一样没有品牌号召力,而且由于运营成本居高不下,导致价位始终偏高,一下子就陷入了竞争的窘境。

此时也是国内观众欣赏口味发生巨变的阶段。电视对观众的吸引力巨大,国外进口大片又雄踞着人们的休闲时光。去看一场杂技,逐渐成为年轻人难以理解、不可思议的传统娱乐项目。杂技场里的观众越来越少。

杂技在全球的不景气直接催生了加拿大的太阳马戏。在传统杂技强国中国,虽然市场的压力还不那么紧迫,但是在地理位置上一直颇能感风气之先的上海杂技团,还是较早地做出了积极突破变革的尝试,而俞亦纲和郑梅正是这场变革的主导者。

当我在上海马戏城分别拜访这两位先行者的时候,明显感受到两人在风格上的巨大差异。说到这场历时数年、多番尝试的变革,俞亦纲慷慨激昂。对于企业改革和经营谋略,他的思路不像是一家文化单位的领导,而更像是一位雄心勃勃、期待着变革和前进的企业家。

郑梅则不然,她的言谈总是包含几许谨慎。在畅想美妙前景之前,她会先计算手里的牌究竟有多少,在此前提下再谋求最大的赢面。

也许,在郑梅看来,解决问题的最好方式就是马上去做,并且永远不要停止脚步。在中国杂技求变的道路上,她也的的确确是如此实践的。

文化产品的酝酿与积淀

最早的尝试可以追溯到本世纪初。杂技日趋式微,当时杂技的"亲兄弟"魔术却随着大卫·科波菲尔等西方魔术大师的兴起在文艺演出市场短暂复兴。1995年,大卫成为唯一一位在好莱坞星光大道上获得一颗闪亮之星的当代魔术家;1996年,大卫名为《梦想与梦魇》的大型表演打破了百老汇的票房纪录。

大卫的成功给了中国杂技人巨大的启示——原来魔术表演可以如此戏剧性、如此现代化、如此充满吸引力。郑梅成了最早追随世界演艺新潮流的中国人之一。就在大卫被"国际魔术大会"(FISM)评为世纪魔术家的2000年,郑梅作为中国的魔术专业组织"中国魔术艺术委员会"的代表者之一,参加了在里斯本举行的第21届国际魔术大会。在中国代表的斡旋下,FISM正式吸收中国为该组织成员。

三年一度的FISM大会已经持续了半个多世纪,她汇集了世界各国的优秀魔术师,积极地促进他们最广泛、最细微、最亲密的交流和竞争。FISM吸引了世界各国几乎所有的专业魔术师,FISM大会就是魔术界的奥林匹克。当然,郑梅看重的不仅仅是一个会员的身份。自始至终,她瞄准的都是国内的商业演出市场。

有了会员的名头,第二年的上海国际魔术节就不再是闭门造车的自娱自乐。组委会利用FISM的成员身份向国际魔术界顶尖级高手逐一发出了邀请,历经一年的精心策划和百般努力,终于使国际魔术大师齐聚上海国际魔术节舞台的愿望得以实现。第二届上海国际魔术节真正成为国际性的聚会。

在几百名世界各国魔术师的保驾护航下，3 台节目 5 场演出的票房迎来了久违的热销，上海市的某单位捷足先登，一口气买下 3 000 张演出票。这是演出市场多年未见的票房奇迹。

不仅长三角市民的热烈捧场烘托了国际魔术节的气氛，FISM 带来的先进理念也向中国杂技人展示了国际魔术在产业运作上的巨大魔力。作为魔术节重要组成部分之一的国际魔术道具展共有 18 个展台，数十位世界各国的道具商参加。他们设计生产的魔术道具品种齐全，想象力丰富，早已突破舞台表演的局限，发展成为一种产业。相比之下，中国魔术的落后不仅是技术上的，更是经营理念上的。

如果说以前对上海文化演出市场的感觉还是模糊不明的，初次试水后，郑梅真切感受到了其中孕育的巨大的商业空间。

就在魔术热潮席卷中国的时候，发生了一件有意思的意外。

大卫·科波菲尔在北京的一次表演中当场穿帮露馅。在当晚的表演中，大卫原计划是从空中的一个铁笼子"凭空现身"。可是在道具挡板迅速收上去时，现场的灯光却没有及时撤销。虽然只有短短一秒钟，眼尖的观众已经发现：那个从笼子上方徐徐降下的"大卫"其实是一张映有大卫身影的挡板而并非大卫本人。因此，所谓"凭空现身"的大卫一直就在铁笼里面。

这个失误说大不大，但对于大卫在中国魔术市场的伤害却几乎是难以挽回的。中国观众仿佛恍然大悟，大卫的魔术也不过是用声光电演绎的现代障眼法，戳穿了其实"不值一提"！

中国观众的这种解密心态在外国魔术师看来十分不解。世界牌王雷纳德·格林这个老滑头就说过一句耐人寻味的话："就算我告诉你我在骗你,你还是会上当。"在他看来,观众花钱进剧场看表演,可不能抱着纯粹解密的心态来。魔术师上演了一出多媒体的大戏,或者讲述了一个凄美动人的故事,这都是现代魔术的艺术价值。很多时候,"戏法"变得怎么样,已经不是魔术表演的核心元素了。如果,观众看魔术带着很复杂的心情,一方面拼命想找出漏洞,获得揭秘的快感,一方面又生怕看穿了"没意思",那么他最终收获的一定是"无趣"。

话虽如此,中国观众的欣赏口味短时间之内是很难改变的。大卫的这次穿帮提醒了中国的所有同行,在国内的表演还是要拿出过硬的"真功夫",才能真正满足市场的期待。中国魔术在借鉴世界先进市场运作理念上迈出了先行的脚步,可是受制于先天不足的缺陷,魔术改变自身的面貌还有待时日。这时候,一直以技术见长的中国杂技抢到了领航者的位置。

2001 年,经过多年的磨练,上海杂技团的新节目《太极时空》开始酝酿。通过前文我们已经了解了上海杂技团和中演公司结缘的过程,这里不再赘述。总之,《太极时空》一开始就以市场为目标。2002 年,《太极时空》在京沪连演 50 多场,2002 年 11 月,又赴德国商演,在德国共演出了 149 场。

《太极时空》将杂技、歌舞、武术、服装等元素融为一体,推出"综艺舞台剧"的概念,在形式上打破传统,杂技和武术不再单纯展示技巧,而是与舞蹈糅合在一起,制造一种神秘的意境和强烈的戏剧效果。在视觉上增强观赏性,不仅有高难度,而且讲究艺术性和神韵。他们与中国对外演出公司合作,请来了正在走红的杂技导演李西宁、河北武术教头、广州军区编导、旅欧服装设计师、北京的音乐制作人等等。这台节目可以说是人才资源的大融合。

此外,长期的中外交流让《太极时空》意识到借船出海的重要性。在中国商业演出渠道推广能力不足的前提下,借用国外已经成型的商演"大船"就成了演出规划的前提。《太极时空》能够顺利打进国际市场,离不开与国际上著名演出商荷兰星辰国际娱乐公司的合作。该公司是欧洲地区从事杂技、马戏等演出最大的运营商之一。《太极时空》去欧洲演出,该公司不仅负担所有国际旅费和演职员生活费,而且每场支付的演出费比一般演出高出 50%。由该公司负责国外的演出事宜,不仅使《太极时空》较容易地打进了国外主流演出市场,扩大了上海杂技团和中国文化的影响,而且带来了较高的演出收益。

罗马不是一天建成的,一台成功的演出同样如此。如果说,《太极时空》是《时空之旅》的前世,那么上海杂技团的出国商演、国际魔术节的中外交流,乃至于上海文化市场无数次失败的"天天演",都是《太极时空》出生前千百次的轮回。而在轮回中,始终将经验存续的拾薪者是郑梅。

《太极时空》在慕尼黑演出时,带队出国的郑梅在后台默默做了这样的记录:120 分钟的演出时间里,总共有 117 次掌声,这个习惯也一直延续到《时空之旅》的营销中。当时在慕尼黑接待剧组的演出商称赞说:"我们对节目百分之百满意。这是 15 年来我们接待过的所有杂技演出中最好看的一台。"德国北部最大的电视台——NDR 电视台还现场直播了演出的实况,在当地主流社会产生了广泛的影响。

《太极时空》的合作模式决定了它的成功不具备可持续性,但是它的灵魂被《时空之旅》继承了。其中一些具备国际一流水平的优秀项目,例如"大跳板"、"女子排椅"、"男女绸吊"等高难度杂技节目,被重新包装,出现在《时空之旅》的节目单上。

更重要的是,《太极时空》成功的经营理念,比如营销先行,已经完全融入到经营者的血液中。经过十几年的艰难探索,中国杂技终于诞生了第一个具备顽强生命力的独立产品。

时空法则第七条:罗马不是一天建成的,文化产品不是拍拍脑袋就能创造出来的。所谓的全新打造,主干部分仍然是传统的延续,难在如何改造并加入时尚的元素。

节目待命　营销先行

2005 年 7 月,在《时空之旅》的筹备工作开始相当长一段时间后,上海时空之旅文化发展有限公司才刚刚正式挂牌成立。从架构看,这家公司从一开始就做到了体制创新,充分借鉴了企业经营管理的方式。上海文广新闻传媒集团、中国对外文化集团公司、上海杂技团/马戏城三方是享有平等权益的投资方,避免了一股独大,而是股权多元,使项目公司能够真正按照市场化机制来进行运作。三方股东既共同努力,发挥各自优势,又互相制衡,避免主观片面决策,为项目公司的成功市场化运作奠定了先天基础。

更重要的意义在操作层面,时空之旅公司从创立之初目标便十分明确:一是文化追求,把中华文化元素通过现代手法推向世界;二是产业追求,打造面向市场、天天演的上海城市文化产品。努力做到走向世界:看得懂、走得远、有影响;面向市场:受欢迎、留得下、有效益。

郑梅被委以重任，在人力资源上，她与几位投资方老总意见一致：时空之旅公司不是某一方的附庸，也不搞三方的权力制衡，它的血管流淌的必须是新鲜的血液。因此，除了郑梅、张丽清等少数几位从原有单位"因才录用"加入外，公司的大部分员工来自在社会上公开招募的新人。

总经理郑梅和副总经理潘沛明在剧场现场工作

其中有刚毕业不久的大学生、有旅游业界的资深人士，也不乏曾经在杂技圈工作过的专业人士在郑梅的鼓励下，怀着对未来的憧憬重新加入这个古老又年轻的行当。

只有理想当然是不够的，时空之旅公司在运作中严格执行用人签约制，公司全员实行劳动合同聘用制，严格考核、唯贤任用、能进能出、能上能下。以演员为例，在传统的事业单位编制里，演员之间是很难拉开收入差距的，而且终身聘用，很容易造成演员的危机感和积极性不足。时空之旅公司成立之后，优秀的演员被吸纳到新节目中，多劳多得，自然激发了他们的主观能动性。

既然公司要达到一定的盈利目标，就要实行目标责任制。公司与主要经营人员签订目标责任书，设立风险工资制度和奖惩制度，经营者个人和团队收入与绩效挂钩。简单地说，总经理郑梅向董事会负责，而几位副总又向郑梅负责,分管业务的中层管理人员向副总负责。层层任命,如臂使指。

三个投资方总共注资3 000万元,除去300万元的注册资金,剩下的2 700万元实际上是一笔"借款",时空之旅公司要在运营中通过演出的盈利来偿还。如何精打细算地用好这笔钱?公司在成立之初就建立了完善的成本核算制。营销过程中发生的各类成本都摊入各自经营的成本中,在提高经营业绩的同时增强成本控制意识。控制成本、增加收入,实现效益最大化。

公司筹备之初连办公场地都没有,为了节约成本,只能暂时租用马戏城附近的居民公寓房。好在同事们都抱着创业的理想,团队中又以年轻人居多,大家各司其职,公司的内部运转倒也趋于良好。

团队搭建好了,最大的难题还是业务上的压力。节目还在创作过程中,连导演都不知道它的形态究竟是怎么样的。营销团队不得不面对"如何出售一件不存在的商品"的窘境。

说服客户团购《时空之旅》的演出票总要带上相关的图文资料吧?于是时空之旅公司进行了广告招标,一家颇有实力的设计公司中标,负责为《时空之旅》打造海报等广告设计方案,对方听说演出的节目内容既没有图文资料也没有现场录像,也傻了眼。无奈之下,他们只能根据对项目和市场的追求的描述在脑海中想象演出的样子。因为艺术演出本来就不存在一定之规,每个人对节目的理解和想象就有巨大的差异。设计方案出炉后,要不就模仿的痕迹太重,要不就过于天马行空。双方始终找不到互相契合的兴奋点,海报修改了足有几十次,还是迟迟不能定稿。

如果业务人员以这样的思路去推销《时空之旅》,效果也就可想而知了。

当时,因为时间紧迫,节目全面创新的要求又很高,俞亦纲、竺自毅、艾瑞克一干人已经全力扑在节目的创排上了,对于运营无法顾及。《时空之旅》的营销要打开局面的重担,就交到了郑梅的身上。

在《时空之旅》以前,上海的文化演出市场不乏投资数千万的项目,有些就是因为没有重视营销,最后一败涂地。营销的重要性可想而知。在剧目创新的同时,郑梅和她的团队也定下了营销创新的整体思路。

首先是营销时机的把握。传统演出项目往往以"首演"为终点,仿佛某某演出"成功开演"则万事大吉。营销的重点活动也相应集中在首演日的前几天。观众被短期效应吸引一拥而上,随机性强,客源的持续力弱,忠诚度更是无从谈起。这样的营销方式明显不适合于《时空之旅》"天天演"的市场定位。因此,《时空之旅》在营销时机的选择上几乎和演出筹备同时开始,为的就是把市场做透、做足;

其次是营销手段的丰富。中国杂技在宣传上总给人以"乡土气息"浓郁的感觉,其表现形态与现代人的审美需要并不完全吻合。如今国际舞台却是演出理念、多媒体舞美设计等"软功夫"的较量,演出的观赏性十分重要,比如麦当娜、碧昂斯等巨星的演唱会在开唱之前都会通过持续的营销活动给人以匪夷所思的奇幻之感,

时空之旅公司总经理郑梅在江浙旅游推介会上

告诉观众:置身其间宛若梦境,这让观众很容易进入被催眠的心理状态,如痴如醉,看完演出后会大呼过瘾,深感物超所值。除此以外,国际演出在内容上往往讲一个故事,或者传达一种思想,每场演出都具有明确的主题,比如魔术师大卫·科波菲尔就深谙此道,让观众对其演出趋之若鹜。在整个营销的进程中,演出的这种主题也要事先传递给观众。

营销的起点在于研究消费者。尽管《时空之旅》是一出有浓郁"上海味道"的演出,但是它针对的主要消费群并非上海本地人,而是庞大的流动客源。按照国内、国际市场的不同特点,郑梅把营销目标确定为旅游市场和商务及散客市场,一手抓好旅游市场开发,一手抓好商务市场开发。时空之旅公司开通了电脑联网售票,在上海开设了40多个售票网点;设立了24小时售票热线,提供免费送票上门服务。他们还与上海40余家旅行社、国内其他城市32家旅行社,以及海外旅行社签订了合作协议,并与日本最大的旅行社JTB、韩国HANATOUR等达成了战略合作,与他们在票务、市场推广等方面进行广泛的合作。

战略再好,还需要脚踏实地的执行。郑梅跑市场的法宝首先是勤奋,再加上正确的推广手段与市场营销策略。她就这样以退休的年龄和患病的身体开始一点一滴地跑遍上海滩的文化消费市场。

上海潜在的文化市场足够大,在这个行业奔走了近十年,郑梅积累的老客户为数也不少。但是《时空之旅》毕竟是一台全新的大戏,虽然演员配备够精良、表现形式有突破,可以说是上海滩前所未有的艺术形式。但这些好处,不是简单打打电话就能解释明白的。要让老客户放心,甚至对票房产生信心,郑梅相信唯有面谈是最好的方法。

酷热的七月份,郑梅又开始了演出市场上的"长征"。这一次,筹备时间短、首演日期急迫,而且手上材料不成形,甚至连最基本的 LOGO、海报、宣传片、文字资料都还未最终定案。可是,郑梅却充满了信心,因为凡是她推销的,都是她自己认为一定能打动观众的好产品,这一次更是如此。

编导全天候地排练,郑梅营销的脚步也几乎不停。多的时候,她一天能跑六七家单位。这意味着整个一天的行程,她不是坐在谈判桌前,就是在前往下一张谈判桌的路上。

她带领着时空之旅公司的营销人员先后走访了上海 100 多家三星级以上宾馆以及近 50 家商务楼宇、外资合资企业、各省市驻沪办、领事馆等,开拓了企业专场演出等形式,尤其把目标瞄准了到上海旅游的中外游客,与多家旅行社、航空公司等结成战略联盟,将其引入旅游系列节目。在《时空之旅》开演前的日日夜夜,郑梅每天都要工作到深夜一两点。

9 月 27 日,《时空之旅》完美亮相,十一黄金周持续火热,这里面少不了以郑梅为首的营销团队的不懈努力。

作为一个管理者,郑梅没有忘记给《时空之旅》的营销活动引入外脑。她不仅鼓励自身的团队时时总结营销过程中的经验和教训,也求教于一些专家学者,希望能够探索文化产品营销成功的商业模式。

现在许多文艺演出,其上座率在很大程度上是依靠公款消费。院团和剧场的营销人员眼睛盯住企业单位,单位买票以后发给员工或赠送客户,因此往往出现演出之前票已售完、演出当时观众却不多的尴尬局面。这也使得一些演出的票价居高不下,那些真正想看戏的人却买不到票或买不起票。

《时空之旅》正是突破了这种传统的非常中国化的文化产品销售模式,达到了一种"营销创新"。

首先是准确的市场定位。这关系到票价究竟要定到多少,怎样拉开各档次票价的区别,甚至如何兼顾国内国外观众不同的购票习惯等等问题。

三个投资方总共3 000万元的投资、从加拿大聘请来的世界顶级编导和制作人团队,一开始就注定《时空之旅》必然以追求"全球一流"为目标,正是所谓的"秀一个上海给世界看"(《时空之旅》的口号语)。海派文化精美、极致的内涵也决定了《时空之旅》必须兼有高贵的外表和过硬的真功夫。上海观众挑剔的欣赏口味也不允许《时空之旅》成为一台高不成、低不就的劣质表演。因此,《时空之旅》的营销从刚开始就定位在中高端人群。

《时空之旅》的贵宾票价为580元人民币,最低端票价也要80元。凭借对节目的信心和对上海演出市场的充分了解,时空之旅公司认为这个定价是非常合理的。

其次是广开客户渠道。针对产品特点,时空之旅公司尤其把目标瞄准了到上海旅游的中外旅客,视他们为主要的人气来源。

随着上海每年接待境内外游客人数的不断提高,旅游业已经渐渐成为促进上海经济发展的重要产业。《时空之旅》首演的2005年,上海累积接待外国游客超过400万人次。随着2010年世博会临近,上海的旅游市场会有持续增长,并对包括演艺市场在内的其他周边市场产生强大的带动作用。瞄准游客观众的旅游演艺市场,是整个城市演艺市场中一个特殊的细分市场。游客和本地居民相比,有着截然不同的行为特征和消费需要。因此,瞄准游客的演艺产品应当采取不同于普通演艺产品的市场营销手段。如果能善于利用游客特殊的行为特征和消费需要,就可以充分开拓这一细分市场的潜力,并进一步推动整个城市的演艺市场的繁荣发展。

于是时空之旅公司与多家中外旅行社、航空公司等结成战略联盟,将其引入旅游公司的旅游系列节目,还向乘坐飞机的中外旅游者推荐《时空之旅》。通过谈判,他们还成功登陆上海 100 多家三星级以上宾馆,向每一位入住的旅客发放《时空之旅》的宣传画册,谋求公司和这些企业的双赢局面。

《时空之旅》的另一大营销特色是便利的网上购票系统。早在它问世前两个月,主题网站已正式开通,内容包括新闻速递、演出介绍、影音欣赏、观众交流、票务中心和衍生产品栏目,并为海外观众特设英文版和日文版。网站还特别开通网上支付,包括外卡支付,24 小时服务热线,长三角即时联网售票等。此外,网站还与 NBC 美国全国广播公司、JTB 日本交通公社等国际网站建立友情链接。

经过一系列的推广举措,网络营销额占《时空之旅》营销总额的 22% 左右。对于文化演出来说,这是一个太让人惊喜的成绩。因为在网上买票的大部分是散客,他们可以说是最优质也最忠诚的观众。根据统计,《时空之旅》网站购票的平均单笔消费在 815 元左右。

网络销售部门的人员说起推广阶段的艰辛和销售成绩带来的喜悦感慨良多,但是最让他们佩服的还是郑梅对于网络业务前瞻性的眼光。

"像这种年龄的长者,我们本来认为她的想法应该是跟年轻人有代沟的。"但实际上,郑

《时空之旅》网站开通暨指定售票点授牌仪式

梅在网络上的见解堪称独到。在公司筹建最初,她就一再强调自主创新的概念,公司一开始就运用独立域名和独立服务器,同时设立专门的部门和人员去从事网络的建设。为了把网络市场做大做深,她还动员公司全体青年人的智慧,为公司网络建设出谋划策。

旅游、商务、网络于是成为《时空之旅》营销系统的三驾马车。旅游招徕人气、商务带来利润,而网络代表未来。

时空法则第八条:无形产品的营销在我国市场经济领域已经是被运用烂熟的技巧。可是在最需要做无形产品营销的文化领域,"卖什么才吆喝什么"成为惯例。如果我们的营销活动不能做到开风气之先,不妨学习《时空之旅》,从扔掉节目单开始。

放眼全球的选才

投资找到了,三方合作达成了,团队组建了。可是,直到现在,《时空之旅》的节目本身并没有成型。无论三位投资者还是郑梅都明白,如果没有一台叫得响的节目,一切成功的营销都成了无本之木,无源之水。

结合上海的文化特色和观众的艺术品味,也参照近年来世界马戏变革的成果。投资者一致认为,《时空之旅》应该是一场"中国元素,中外合作",集合东西方智慧、以中国杂技为基本元素,结合多种艺术形式和高科技多媒体技术来打造的、高端的演艺产品。

　　既然要打造一场世界水准的大戏，那就必须邀请全球顶尖的制作人。《时空之旅》最初策划的时候，中方投资人希望它的水准可以向全球票房最火爆的太阳马戏看齐。因此在导演人选上，定的是加拿大著名的多媒体设计师艾瑞克·维伦纽夫，编导则邀请了太阳马戏团著名编导黛布拉·布朗女士。

　　"能够在这样遥远的国度，在完全不同的传统里进行文化创作，这对于我来说是非常有吸引力的事情。"艾瑞克说。他小时候对中国的最初印象来自北美人常说的笑话：中国在哪里？如果你脚下打个洞，穿过地球，你就会来到中国。对于一个以创意、以各种文化间的碰撞为养分的艺术家来说，中国的神秘有让人难以抗拒的魔力。因此，艾瑞克几乎是在中方表达邀请意愿的同时，就马上决定接受这份工作。

　　几年以后的今天，艾瑞克在提及往事的时候，眼中闪动着真诚的光芒，他对我说："中国是一个大国，而加拿大是一个小国。你们邀请我，我觉得是一种荣誉。"他的话引起了在座中国人友善的微笑，我们纷纷表示加拿大是中国人民一直尊重、热爱的西方大国，而白求恩医生更是中国人民的老朋友，他的恩情中国人民不敢或忘。"今天你来到中国，也是把先进的创意和设计带到中国来。"

　　在这种投桃报李的中国式谦虚中，艾瑞克打开了中国人的心门。或许他自己到现在也没有意识到，为什么在中国他可以获得如此的成功。

　　在艺术交流的环节，中西双方一拍即合。可是在另一个谈判桌上，双方合同的具体细节商榷，却始终难以达成共识。

　　不是钱的问题。既然决定邀请国际知名的制作人，中方对于要价已经做好了充分的心理准备。况且，艾瑞克并没有在这方面提过分的要求。按照国际操作的惯例，合同谈判一直是由专业的法律界人士代为操作的。可他们没想到,这次来中国谈判,似乎在每个细节上双方都有分歧,一谈就是七个月。直到 2004 年底,合同还没有最终落实。

第一次见面的时候,中方曾经和艾瑞克沟通过排练演出的细节。艾瑞克表示,合同签下来后,立即开始工作,准备的时间通常需要 13 至 14 个月,这也是排演一出太阳马戏剧目需要的大致时间。眼下白白耽误了七个月的时间,双方都开始着急了。

艾瑞克逐渐成为制片方的主导者。既然谈判搁浅,他就更换了代理人,由曾代表太阳马戏团签下拉斯维加斯第一个驻演(永久性固定地点的演出)合同的金牌代理人接手,重启这个谈判。

又是 9 个多月过去了,金牌代理人在中方的铜墙铁壁之下,同样铩羽而归。艾瑞克纳闷了,这个代理人在世界各地谈过不少复杂苛刻的演出合同,无往而不利;太阳马戏和中方的合作也不是一回两回了,一直都比较顺利。这一次,问题究竟出在哪呢?艾瑞克给中方的代表中演环球制作公司总经理竺自毅写了封信:你们是不是真心希望邀请我们来完成这样一台演出呢?中方的答复当然是肯定的。

那么就不应该存在不可解决的分歧。2005 年 1 月 3 日,艾瑞克再一次来到上海,这次他专程为合同而来。在面对面和中方进行了一番开诚布公的交流后,艾瑞克终于明白了合同谈判屡次失败的原因所在。

在太阳马戏的输出合同中,掌握文化产品的绝对控制权是太阳马戏团的首要原则。也就是说,从演出的策划、编排到最后知识产权的占有,合作者都是不容置喙的。太阳马戏团提供的合同中,几乎每一条都是对于这一原则的维护和完善。为了坚守这个原则,太阳马戏团甚至放弃了融资上市的快速发展道路,因为这样会使他们的产品听命于投资人或者股东。

　　而中方对于《时空之旅》的态度和从前大大不同,他们这次决意要以投资人的身份出现,把这个节目打造成百分之百的"中国制造",因此与太阳马戏编导们的合作只是被定义为一个借助外脑的过程。

　　中国人这次不仅是要引进太阳马戏的思路,而且要打造一个自己的太阳马戏。明乎这一目的,艾瑞克也就迅速找到了克服双方之间的障碍的方法:那就是接受被雇佣的身份,而不是以指导者的面目出现。

　　从 1 月 3 日开始推敲细节,艾瑞克和竺自毅只花了四天时间,就签下了这个合同。

　　此后,艾瑞克成为这出戏的实际主导者。在他的斡旋下,一批极富才华并且已经取得国际声名的艺术家加入了这个创作团队。包括作曲、吉他演奏家米谢尔·居松;灯光设计阿澜·洛蒂埃以及音响设计师诺曼-皮埃·毕鲁多等等。

　　这个国际智囊团总共有二十多人,他们大部分来自于加拿大魁北克,平时都是自由职业者。一旦有大型的演出项目,这些人就根据具体情况自由组合,立即能成为一支创意团队。伴随着太阳马戏的巨大成功,这批艺术家不仅累积了声名,也拥有丰富而规范的操作经验。比如作曲的米谢尔,是北美著名的作曲家,曾经获得过格莱美奖。参与节目之前,他并不十分熟悉中国音乐。但仅仅在听了中方提供的十几盘古典音乐唱片后,他立即灵感勃发,大胆地将中国民乐和电声音乐相交融,为《时空之旅》谱就了富有中国特色的主题曲和配乐。这些原创音乐全部由乐队在现场演奏,民乐和电声的对比碰撞贯穿整场表演,为渲染奇幻的气氛增色不少。

　　创作团队的人员配置妥当之后,艾瑞克关注的重点回到出发点——如何用现代的多媒体声光电效果,在舞台上打造关于中国文化的过去、现在和未来?

留给创作团队的时间已经不多,艾瑞克争分夺秒地游走于上海的大街小巷,寻找激发他创作冲动的新素材,用这些中国的元素构建《时空之旅》的灵魂。

"我到这些地方走走的目的是要和这里的人在一起,看看他们的生活方式、他们做事的方式,真正接近他们。"

在上海城隍庙一家古董店里,艾瑞克找到了一个"新奇"的玩意儿。经过店主的耐心解释,他明白了这个叫"司南"的东西就是世界上最早的指南针。正是眼前这个写满奇异符号的古拙工具,指导中国官船完成了世界上最早的远洋航行。至今,指南针依然在航海上发挥着巨大的作用。

艾瑞克感到灵感又一次眷顾了他,或许在中国这片神秘的土地上,到处都存在着等待发掘的智慧宝石。他告诉中方导演组,以前考察过的那个"晃板踢碗"将作为开场节目登上《时空之旅》的舞台。

这是一个让人看不懂的决定。"晃板踢碗"是中国杂技的传统单人项目,演员左脚踩翘板,右脚将脚面上的碗踢到头顶上。踢碗的技术难度很高,演员表演的时候也就没法分心再做其他肢体动作了。群体项目还可以通过舞美编排玩出一些花样,至少场面热闹。这种单人定点站桩式的表演翻来覆去就是那么一套,早已经提不起观众的兴趣了,只是因为表演这个项目的演员戴珺实在是技术出众,才避免了"下岗"的命运。

开场节目分量仅次于压轴节目,而且它还担负着把观众从都市的喧嚣引入《时空之旅》情境的重任。这样站在舞台中心踢两下碗,观众还不嚷嚷着退票全跑了?

但是经过艾瑞克的一番妙手编排,等到这个节目再次呈现在众人面前的时候,之前所有疑惑和反对的声音都变为了赞叹。

傍晚的小桥、夕阳洇润的湖水营造出了宁静的江南古镇。长篙击水的声音飘过,一叶小船破水而来。男人撑船,女人坐在小渔船头,年轻的夫妻俩仿佛正在享受难得的余暇。

小船在湖心停住,涟漪散去,湖面上呈现出一面巨大的司南底盘。小船正处司南底盘中心,宛如它的长柄。

接着,船头的妻子就提议来个传统的民间游戏,并顺手取出船舱里的小碗。丈夫于是便应邀在一米见方的甲板上为妻子展示踢碗的绝技。

圈内人一望便知:扮演妻子的女演员不仅负责操控电动船,还要为戴珺抛接道具,而以前这个工作是由场上来回奔跑的龙套完成的。添加这样一个角色,不仅使表演不再单调、程式化,而且表达了一种全人类都能读懂的温馨亲情。至于司南,所有观众都可以把它视为一种中国文化的符号。外国人被它神秘的气质吸引,而中国观众的认知里多了一种"天圆地方"的意象,隐喻夫妻各司其位的稳固带来的和谐。

不过对于演员戴珺而言,这样的编排让"晃板踢碗"的难度大大增加了。后来,这个隐患果然在关键时刻给演出制造了大麻烦。

但当时艾瑞克在思考的是难度之外的另一个问题。"看中国杂技演员的表演就像在考察

碧波轻舟——"晃板踢碗"节目剧照

一台台精密运转的机器。"艾瑞克的感觉源自中国杂技传统的训练和演出方式。在传统的"传帮带"影响下,年轻演员的每个动作都要经过师傅的首肯才能带到舞台上。很多时候,杂技的传承成为晚辈对前辈动作单纯的复制。中国的杂技演出当然也讲究艺术和美感,有些导演也曾经试图用文化主题贯穿杂技演出,其中不乏既叫好又叫座的先例。然而,即便在这样的演出中,演员也被要求在舞台上完全实践导演脑海中的构想。演员孔祥红总结说,就是用"拗造型"的方式百分之百地复制台下训练的成果。说句夸张点的话,演员登台先迈哪只脚,都是事先规定好的。

再往深层次分析,技巧性历来是中国杂技最高追求。如果不以超高的难度夺人耳目,演出就会被观众视为"忽悠"。在这种期待下,为了保障演员的人身安全,导演把舞台上的"自由发挥"和"产生危险"画上等号是一种必然的结果。

艾瑞克和黛布拉几乎在刚开始接触中国演员的时候就发现了这个问题。于是,两人开始了对中国演员的特训,主要项目是小品和舞蹈。演员们必须以独特的、自认为可以感染观众的动作一个个走台亮相。黛布拉说Yes,演员过关;黛布拉说No,演员返回,重新设计属于自己的动作。整个训练过程全部向中方导演组关闭,以免演员受到干扰。

对于这些中国杂技演员来说,中国观众能否认可自己杂技之外的肢体动作,他们并没有信心。但是艾瑞克告诉他们,只要你有信心,人们终究有一天会为你鼓掌。

时空法则第九条:中国剧目复制国外先进的经验,常常流于形式。其实,舞台表演的灵魂是共通的,那就是展示你自己。

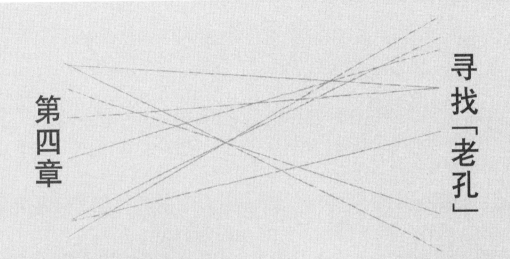

第四章

寻找「老孔」

本章核心人物

艾瑞克·维伦纽夫

　　《时空之旅》创意和多媒体制作总监，加拿大人，其作品的优异和创新品质为国际所认同。艾瑞克拥有 20 余年的从业经验，他所创立的完全与众不同的投影技术，使其得以开辟舞台背景设计的全新境界。根据其创意制作并由其监导的大型马术演出《骑士传奇》(CAVALIA)于 2003 年夏季开始巡回演出后，一直好评不绝，充分体现其创意领域的广博及制作手段的多样。

《时空之旅》的根基在舞台，而舞台的灵魂是演员。

2005年4月里的一天，四十岁的孔祥红正在上海商城的表演后台区准备他人生中的倒数第五场演出。

几个年轻演员候场时的小声谈话入了老孔的耳朵。"听说马戏城准备做一台大戏叫做《时空之旅》，投资上千万，请外国著名杂技导演来，还要用多媒体声光电来包装。"浸淫杂技表演多年的老孔马上感觉出来：这次搞大了。

尽管是上海杂技团里数得上的好演员，手上也的确有绝活，孔祥红却从没想过自己是否有机会参加这出大戏的演出。原因很简单也很残酷：每个杂技演员的艺术生涯都会最终面对这个最大敌人——年龄。年龄增长，判断力就会不断下降，这对于杂技演员来说，是个要人命的威胁。如果说高龄产妇是去鬼门关上走一遭，高龄杂技演员不啻天天在鬼门关前逛街。

孔祥红清楚自己的身体状况，虽然他认为再演几年没问题，可是为了降低杂技表演的风险，新陈代谢历来是各个杂技团里的规矩，演员上了一定年纪就该让位。几天前老孔已经接到通知，上海商城即将上演的杂技新戏《浦江情》里，已经剔除了"孔祥红"这个名字。《浦江情》都没了名额，参加更重要的演出项目《时空之旅》就甭想了。

人无远虑，必有近忧，这是孔祥红时常挂在嘴边的一句话。这可能是杂技演员群体里普遍存在的忧患意识。他们从艺第一天就被告知：这碗饭吃不了一辈子，因此要早点留心，为将来做打算。尤其在杂技离普通观众渐行渐远的今天，这种忧患意识渗入了更多的急迫。

饭吃不了一辈子，艺却始终随身带着。无论是升级做老师还是由高难度向技巧型转变，如今的杂技人许多还恪守着"千金在手不如一技傍身"的古训，从舞台上退役后也依靠多年苦练的功夫继续寻求机会。当时孔祥红给自己规划的未来就两个字"转型"。向哪里转呢？驯兽不离杂技马戏的大框架，舞台生命也更长一些，老孔决定走这条路。为此，几年前开始，他除了天天要练的"顶缸"，又在杂技团里为自己开辟了驯兽的第二战场。

要论"顶缸"，老孔算这行里一流的高手，可是说到驯兽，他就排不上号了。为了顶缸练就的结实身板，如今和公鸡、鸽子、狗这样的小动物配戏，看上去总有点不伦不类。可是这把年纪了，总不能再去倒腾狮子老虎吧。学艺时养成了习惯，孔祥红是个一旦练上手就停不下来的人。于是乎，每天杂技团的训练场上都会多出这样一个怪人：他头上顶着呼啦圈，圈上趴着一只战战兢兢的大公鸡。曾经在国际大赛上折服外国评委的绝技"顶缸"，愣是变成了一出"顶鸡"。眼瞅着老孔和他头上顶着的那只耷拉着冠子的公鸡，真不好说谁更像斗败了的将军。

缸和鸡有若干的不同点，关于这个老孔可以列举出至少几十条。最要命的一点是——鸡是活的，而且属于非常不讲究"个人"卫生的动物。顶缸的时候可以张大嘴呼哧喘气调整气息，顶鸡的时候就没有这样的自由了，否则后果不难设想。孔祥红无奈之下，只好用一副大口罩来解决问题。不知道正式演出的时候，老孔是否还准备戴着这样特殊的行头？也许表演这个节目，演员的脸就不用露给观众看了吧。

但是这出"顶鸡"上哪里去演呢？"谁叫我，我就上谁那儿演去。"老孔已经决定接受命运的安排。今后就谈不上舞台表演了，赶场的地方或者是小剧场，也有可能是宾馆酒楼。其实如果可能，孔祥红又何尝不想继续表演顶缸，这可是他从童年就开始练，并干了将近一辈子的老本行。可是形势比人强，将来的演出场所参差难料，谁能保证有足够的空间让他把十七八斤重的青花缸甩得老高呢？

老艺人的新机遇

孔祥红做出不再要坛子的决定,最遗憾的人恐怕要数他的父亲。

老人家是一位顶缸的老艺人,他从祖辈手里接过这门手艺,虽没敢奢望将它发扬光大,但是传下去的责任感从来就放在心头没敢丢过。或许称这种感情为责任感还不是非常恰当,顶缸在孔家从来未被视为一种事业,而是生活本身。除了顶缸,他们的生活并没有其他主题。

孔祥红出生在河南郑州,中国的杂技之乡。还没认识生人,孔祥红就先认识了家里的几口大缸。刚学走路那会儿,父亲放开他的双手,是缸边沿子支撑起了他的体重,见证了他从蹒跚学步到疾走如飞。4岁他绕着青花缸打转,6岁父亲开始传授他一些基本动作,8岁孔祥红就正式登台表演顶缸了。后来,郑州市戏曲学校将本属民间的各色艺人聚拢在一起,孔祥红由此正式成为一名杂技演员。

几十年下来,孔祥红的技术越练越精。1989年,他从郑州杂技团调入上海,遇到了同样作为人才引进的魔术师王小艳,两人后来结成了中国杂技圈中典型的"绝活家庭"。

王小艳的魔术同样来自家传,她4岁师从其母学艺,算起来入行比孔祥红还要早。除了练好自己的顶技,老孔还为妻子策划魔术节目。从编排、道具制作上漆、机关设计,到训练狗、鸟,选择音乐、安排小细节。两人总是互相参谋,互为补充。就连老孔"转行"需要的小动物,最初还是从妻子这里借的。

对于孔祥红不再顶缸的决定,王小艳倒是非常能够理解,甚至还隐隐觉得是种解脱。夫妻这么多年，她深知老孔这门手艺的艰难。为什么说"千古绝顶"是绝活？绝就绝在十七八斤真瓷缸的重量上。高抛低接，凭的全是腰腿上的力道。几十年数千上万次地砸下来，老孔身上承重的颈椎、腕关节、膝关节和腰部都不太好，经常酸疼，每次演出前要用绷带固定才能上场。别看老孔现在只有四十多岁，在场上活蹦乱跳的，日常生活中他爬个六楼都费劲，因为他的两个膝盖全部积水了。

那时候老孔还没有剃光头发，眼尖的观众在他一低头的当儿会发现，他脑门子上面有一块硬币大小的地方是不长头发的。用行话来说，这一块叫做顶缸的"门子"。行家扫一眼门子的厚度，就知道这个顶缸演员手里有多少活。老孔的"门子"结成厚厚的老茧，上面布满疤痕，还时常发炎流脓。我把它视为一种另类的、只属于男子汉的勋章。

老是用脑门子来承重还给老孔的身体造成了另一种严重伤害：瓷缸压坏了视神经，他的眼神不太好。现在杂技表演常常追求声光电效果，舞台上的光线并不总是敞亮。光用肉眼判断青花缸的下坠位置，往往会有偏差。因此老孔接缸卸力的时候，所凭借的实际上是三十多年苦练后对于时间的敏锐感觉。

既然完成动作这么困难，又存在很大的风险，能不能在技巧上做一些改进呢？办法不是没有，要省事其实很简单。既然瓷器太重，许多人就琢磨用其他一些材质来代替。有用空心铁皮的、有用玻璃钢的、还有用木头的，反正做成瓷缸的形状，再画上青花图案，观众短时间内难辨真假。但老孔不屑这么干，就像维护祖辈的名声一样，他用自己的坚持维护顶缸这门传统杂技的尊严。陪伴他登台的青花缸，每一个都是他奔赴江西景德镇，亲手取土、造胚、筑陶，最后入炉烧制出来的。

在孔祥红家里，至今还保存着他 6 岁学艺时父亲给他的那个青花缸。一次训练中的偶然失手，青花缸触地摔成了碎片，这是老孔人生中最痛苦的回忆。他把每一块碎片都精心保留着，后来通过仔细的粘贴与修复，让它大致恢复了原貌。如今，这件青花缸像是老孔童年的玩伴，又是孔家一位不会说话的家庭成员，默默注视着老孔从孩童走到了中年。

孔祥红的儿子也在一只重达三十五斤的青花缸里长大。不过，老孔至今也没有把顶缸的绝活传授给他的意思。"他爷爷怕失传了，他妈妈也怕失传了。从我本意来说，我不希望他搞这个顶缸，因为这个吃苦啊。"老孔摸了摸脑门子，想了想又说，"只有等他长大以后跟他商量了。"

时空法则第十条：舞台决定演员，而不是演员决定舞台。我们缺乏的从来不是优秀的演员，而是精彩的舞台。

改造传统　重塑形象

我想，孔祥红的犹豫源自一种矛盾：对杂技的热爱和对于中国杂技前途的担忧。中国的杂技究竟会像千百年来那样，在民间持续迸发生命力，还是彻底沦为只能在博物馆里找寻的艺术形态？至少 2005 年时的老孔心里并没有底。

尽管在上海商城按部就班的表演每天也能收获一些掌声，可是孔祥红总觉得少了点什么，或者说，应该不止是这样。所以，当《时空之旅》的消息不经意间传来的时候,老孔的心里荡起了一阵涟漪。但那也仅仅是涟漪而已,他的注意力还在训鸡练狗上。

他不知道的是,这时候有个人正在苦苦地寻找他。

这个人叫做艾瑞克·维伦纽夫,来自加拿大,受邀导演《时空之旅》。准确地说,艾瑞克此时正在抓狂,他并不十分清楚自己在寻找的是什么,以及最终会找到些什么。

对于导演来说,一个个独立的杂技节目就是他最初的素材。尽管艾瑞克并不明白"巧妇难为无米之炊"这句中国谚语的意思,他确实是在实实在在地体会这种痛苦。

艾瑞克·维伦纽夫

要说在中国杂技界举足轻重的上海杂技团不能给艾瑞克提供足够的演出素材,听起来简直是个笑话。这个团自1951年成立以来,就以实力雄厚、人才储备充足而著称。另外,如前所述,因为上海的文化演出回报较高、出国交流的机会也多,全国许多省份的优秀杂技演员不排斥以人才引进的方式加入上海杂技团。那么,艾瑞克的痛苦从何而来呢?

他回答不上来,只知道感觉有哪里不对。是的,精彩的节目不少,优秀的演员也充足,可是整出戏还缺少一个关键性的线索,由它来串起中国悠久的历史和厚重的文化,讲述过去、现在和未来的故事给观众听。

眼看《时空之旅》的首演时间不断逼近,外国导演却还处于魂游状态,中方团队愈发坐不住了，不停地给艾瑞克看各种演出的录像资料。一来二去，有孔祥红参演的上海商城的节目也摆上了他的写字台。

这场演出的节目总共十几个，顶碗、转碟、滚杯、柔术……一个个下来，难度、技巧性都不错，年轻演员的功力深厚、身形灵便、表演也中规中矩，艾瑞克却始终不感冒。直到一个半小时的演出接近尾声的时候，孔祥红作为倒数第二个表演的演员亮相，已经到了压轴戏的阶段了。

顶缸是一个单人项目，一反前面群体节目的热热闹闹，老孔甫一登台就拉慢了整台演出的节奏。年轻演员既快又准的动作让观者眼花缭乱，孔祥红的举手投足在对比反差之下，愈发予人沉静的感觉。当眼睛不再需要接受庞杂的信息，心灵在惊叹的同时，也就多了一些空间来体味杂技身后的沉淀。

或许艾瑞克理解的杂技内涵和中国文化传递的信息存在千差万别，但是他已经敏锐地感觉到，台上这个不起眼的中年汉子正是自己久寻不遇的那个人。他将把更多的杂技外的东西带上《时空之旅》的舞台，再传递给观众。

"就是他了。"艾瑞克当即决定去见见这个老演员。

在练功房外，艾瑞克以及中方一直陪伴他并做翻译讲解的张丽清找到了孔祥红。

"你愿不愿意参加我的演出？"第一，开门见山，直截了当；第二，艾瑞克十分注重演员的个人意愿。无论导演怎么想，演员自己不同意的话，他绝对不会勉强。

老孔想了想，说："你们看着办吧。"

事后，孔祥红回忆这次见面，他说，当时也不好说我愿意参加，不能这么讲。

这个令人大跌眼镜的回答让旁边的张丽清急得直瞪眼，一时之间顾不了那么多了,她没接老孔的话茬,转脸对艾瑞克说:"他愿意,非常愿意。"

中西方文化不经意的一次擦肩而过,在一位急中生智的翻译斡旋之下,又一次回到了谈判桌前。这种情形,以后还将在《时空之旅》的艰难诞生过程中反复出现。

无论如何,艾瑞克找到了他的线索;孔祥红也找到了他的舞台。

艾瑞克的选角在报时空之旅公司董事会审议的时候被否了。

反对方的理由是:《时空之旅》是一出计划常年演下去的大戏,希望由成长性更好的年轻演员参演。如果选择当时已经四十岁的孔祥红,不好预计他的舞台生涯究竟还能持续多久。而且,《时空之旅》正式投演之后,将是一出"天天演"的舞台节目,训练和表演的强度非常大,从保护演员的角度来看,也不建议选用一个"高龄"演员。

实际上决策团队中有不少人本身就是杂技行出身,这反对的背后还有一个没有说出来的理由在涌动:顶缸一直是中国杂技的传统项目,进入的门槛不是很高。全国大大小小的杂技团里,会顶缸的演员成百上千。何必一定要用孔祥红呢?

于是,一场顶缸演员的筛选在全国范围内展开。中方顾问在四川发掘了一位十八岁的小伙子,又在天津找到了一个改编顶缸杂技,最近还在国际上拿过奖的组合。但当这些人选送到艾瑞克眼前的时候,他却没有一个满意的。并不是这些演员技艺不精,而是他们的型款始终取代不了孔祥红在他心目中的印象。中方顾问后来甚至还找到了老孔的本家郑州杂技团,对方有点无奈地反问,孔祥红不是在你们那里吗? 我们还能提供谁呢?

"如果再没有合适人选的话,我就用我的'大顶缸'了。""大顶缸"是艾瑞克给老孔起的绰号,一方面指老孔的年纪比较大,另一方面也是形容他微胖、壮实的中年体型。

孔祥红留着头发在上海商城演出时的照片

那时候已经到了 2005 年 8 月,距离 9 月底的首演只有不到两个月的时间。孔祥红就这样在争议中坐上了《时空之旅》正式演员的位置。

接着,艾瑞克·维伦纽夫对老孔的全盘再造正式拉开帷幕。首先当然是改造外形,艾瑞克的第一个建议是让老孔去把头发剃光。

理发师站在一边,问艾瑞克:"你想好了没有? 一旦剃光了,短时间长不出来的。"老孔是没法子戴假发上台顶缸的,万一形象毁了,这个好不容易找来的角色就废了。

艾瑞克问理发师,剃光好看吗? 理发师用手在老孔脑门上来回摸了几遍,不太肯定地说:应该不难看。他也没有太大的把握。

老孔急了,回家翻箱倒柜找出一张年轻时的照片,照片上二十来岁的孔祥红正是一个光头造型。

艾瑞克因此下定了决心,"一定要光,有特色。缸是光的,头也是光的,给观众视觉上造成一种冲击力。"果然,老孔光着脑袋出现在众人面前的时候,整个外国团队发出一片惊呼:要的就是这种感觉。

光头造型隐去了老孔的时代感,它代表过去、也可以诠释现在,或者走

进未来。当光头的老孔驮着大缸进
入《时空之旅》舞台的时候，观众对
这个形象不会感到突兀。他就像邻
家某位大叔，为人豪爽、讲话粗声大
气，喜欢瓷器、爱下象棋，夏天的时
候甚至就在院里光膀子练上两把。
这种形象千百年来留存在每个中国
人心里，也将继续存在下去。

　　其他演员都是穿短打的紧身
衣，唯有老孔穿着灯笼裤。对襟上
衣故意设计得稍短，好像有点遮不
住他稍稍胖大的肚皮。这样，老孔
一亮相，一个外表粗豪的中年汉子
形象已经深入人心。这时候他的职

孔祥红在《时空之旅》的光头造型

责只是用一个中国式的形象符号串接后面的节目。等到他再次登台，才手
舞青花瓷露那一手绝活，青花瓷的灵动和他本人的古拙相映成趣。观众在
为这位大叔意料之外的精彩而惊呼的同时，也会体味到一丝藏而不露的文
化韵味。

　　舞台上追求的是这样的艺术效果，对于老孔来说，像以前的杂技演出
一样只是单纯展示技艺，是远远不够的。举手投足都要有"戏"，这才能激
起观众的共鸣。说起来，杂技演员也是演员，在舞台上"表演"似乎理所应
当。但是，建国以来，中国杂技渐渐走上一条"重视技术"的路子，与以前街
头表演"取悦观众"的大方向已经南辕北辙了。老孔练了这么多年杂技，却

真不知道怎么调动观众。

"你要能够把观众调动起来,你要让他们热就热,让他们安静就安静,要做到这点。当然你今天晚上一晚上肯定做不到的,你得每天一点一点地琢磨,一点点地把观众的情绪调动起来,好吗?"

加入这个团队之后,老孔就必须和所有参演《时空之旅》的杂技演员一起,加练舞蹈。对他来说,幼年学步可能都没这么难过。孔祥红在众人面前展示自己现代舞的舞姿时非常紧张,膀大腰圆的他从来不曾在舞台上用这样的节奏扭动,不免同手同脚。相比年轻人的轻便灵活,他的身躯总显得有些笨拙古怪。

老孔告诉我,杂技演员有面对观众表演的终极压力,要么不接,一旦接受了某项演出任务,不练好是过不了心理这一关的。杂技演员的训练不仅是对观众负责,更是对自己的生命安全负责,因此他们训练时从来就没有逃避偷懒的习惯。艾瑞克要求练舞虽然看来与杂技没有太大关系,老孔还是在惯性的引导下勤练不辍。

孔祥红在《时空之旅》表演的剧照

一个月的苦练下来,孔祥红的舞技并没有增长多少,面对舞台展示自己的感觉却渐渐上来了。在《时空之旅》正式演出的舞台上,他已经成为那个穿越过去、来到现在、将走向未来的中国汉子。

正式开演一段时间后,很久没看儿子表演的孔祥红老父亲坐到了观众席上。一晚上表演看完,散场后,老孔照例询问父亲的意见。

以往每次都要长篇大论一番并且指出儿子种种不足的老爷子,那天只有四个字:你成熟了。

"都这把年纪了,还不成熟等哪一天啊。"老孔呵呵地笑了。

时空法则第十一条:艺术产品制造的领域,主题先行始终是必要的。走一步算一步,或者放到篮里都是菜的做法,只适合创造实验性产品,而非可供大众消费的文化产品。

秀一个上海给世界看

2005年9月,就在孔祥红"剃发明志"的第二天。上海最繁华的南京路步行街上出现了一个光着脑袋的怪人。他骑着一辆破旧的三轮车,驮着四百多斤重的一口大水缸,水缸旁边还端坐着一个手持摄像机、身形同样胖大的外国人。三轮车不顾路边限行的标志,施施然在人群中穿梭。

见惯洋泾浜的上海人也猜不出这两人究竟在干嘛。说是拍电影吧,动作太单调了,也不见那中国汉子有什么手势台词,只是一味蹬车,倒真像是一位送货进城的农民伯伯。

不一会,交警就发现了这两个"胆大包天"的行为艺术者,经过好一番解释,才大概弄明白了两人的意图:原来,这一对中外组合正是孔祥红和艾瑞克·维伦纽夫,他们正在拍摄《时空之旅》中将老孔这个角色引入舞台的多媒体短片。

艾瑞克的这个创意源自一年半前他首次来到上海时对这座城市的印象。当时他应中方邀请从加拿大魁北克市飞抵上海,等待他的只是做一出好戏的期待。至于节目的具体细节,当时没有一个人有相对完善的想法。

有朋自远方来,不亦乐乎。既然艾瑞克是远道而来的客人,按照中国人的待客之道,他首先被请上轿车,漫无目的的游览上海风光。对于艾瑞克而言,从无到有,寻找灵感之旅,也正是从这次游览开始。

外滩的美景和陆家嘴的楼群固然给艾瑞克留下了不错的印象。可是,游览结束后他表达心得体会的一番话却让中方随行人员颇感意外。他觉得更震撼他心灵的不是穿梭于写字楼的无数白领,而是那些来自农村、目前徘徊在城市边缘的务工者。

艾瑞克,你来做杂技导演的,中国人思考了几十年都没整出个所以然的农民工问题,你捉摸它干嘛?可是,从这个老外的一双眼睛看来,农民工和大城市形象气质的巨大反差,恰如中国过去、现在和将来的缩影。杂技或许没有必要承载深厚的社会主题,但是以此为符号和线索串起时空、展现纠结,不失为一种思路。

今天听艾瑞克谈他几年前的想法,我觉得对于一个首次踏上中国土地,以前也基本没关注过中国三十年来发展变迁的老外来说,他的感觉还是相当敏锐的。更聪明的一点是,他并不囿于这个想法本身浓厚的社会意义,也根本没打算让《时空之旅》背负多么厚重的文化包袱,而是轻巧地跳开,只取一瓢饮。

当车遇到红灯停在十字路口的时候,他恰好看到一位骑三轮的中国妈妈。车上堆满了厚重的地毯,老妈妈在烈日的炙烤下大汗淋漓,头发一缕缕地贴在脸上。三轮车艰难上坡,红灯挡住了她好不容易攒起的脚力。夹在两辆高级轿车中间,她有点进退失据,脚步凌乱了起来,眼看就要撑不下去了。这时候,旁边冲过来一位同样汗流浃背的小伙子——在艾瑞克的设想中他是这位老妈妈的儿子——扶起三轮继续前行。

他们从头至尾没说一句话,但是艾瑞克在两人的眼神中读到了许多。妈妈的恐惧、儿子的担忧,以及无声的感谢。这种母子之间的交流无需语言载体,在理解上也没有文化、地域的差异。艾瑞克认为《时空之旅》需要的就是类似这样朴素、共通的人类之间的情感。

回到杂技团后,艾瑞克对孔祥红说:"你是一个农村艺人,听说城里马戏团有一场大演出。你骑着三轮赶了一天的路,晚上终于赶到现场来参加表演。"

艾瑞克这样给孔祥红说戏的时候,老孔瞪大了眼睛。

这个老外怎么知道我蹬过三轮?

那还是在上个世纪 70 年代的时候,马戏不景气,孔祥红在郑州杂技团的工作维持不了生计。迫于生活的压力,他只能天天蹬着三轮走街串巷卖汽水。那阵子年轻力壮,他还拉过板车帮别人送货。蹬三轮、拉板车并不难,可是一旦登台演出,没做过这些事的人还真不一定能那么协调,那么出感觉,所以老孔才会有此一问。但后来仔细想想也就明白了,只要艾瑞克找的是一个上岁数的演员,谁年轻的时候没接触过这些事情呢?以车代步不过是最近十几年的事情。那个年代的中国人,谁不曾在迈向幸福的道路上辛苦跋涉过呢?

一辆三轮搅动了老孔的回忆,他也就此找到了和艾瑞克合作的感觉。

既然思路明确了,两人当即着手拍摄。艾瑞克希望通过老孔肩头后的摄像机展示这样的场景:一位民间艺人清晨从农村动身,白天穿过高架、路过浦江、走过熙熙攘攘的人流,终于在华灯初上的时刻赶到马戏城。

其实,这是用老孔的眼睛这个独特的视角,替观众观察上海的过去、现在和未来。艾瑞克事先将他心目中的典型场景在地图上标注出来,又从电影厂租来了道具三轮和大水缸。至于摄像师,艾瑞克决定自己担当。毕竟要用镜头展示上海,还是自己的感觉最准确。

拍摄的那天,艾瑞克和孔祥红凌晨三点多起床,然后赶赴市郊十六铺拍摄日出时分的稻田和林间小路。中午时候,他们来到铁轨旁,老孔的三轮将在这里与列车并行,展现从农村到城市的过渡。九月初的上海正是艳阳高照的时节,为了等待列车驶过的那一刻,艾瑞克和孔祥红只能在烈日下暴晒。身形胖大的艾瑞克满身大汗,老孔更不得了,昨天刚刚剃得锃亮的脑袋被晒得通红,连脱了几层皮,才算完成了这段"农村包围城市"的艰难旅程。

好的创意加上实践它的不懈努力,最后换来的效果是令人满意的。

服装设计讨论

《时空之旅》公演的时候,观众在超大幕布上看到一位驼缸的民间艺人,穿过田间地头和繁华的都市街道来到剧场。接着大幕拉开,孔祥红骑着三轮登台,将梦想演绎为现实,一场关于时空交错的大戏也由此展开。

除了演员的表现手段,国际团队还把更多舞台剧的理念带到杂技表演的现场。

在服装环节上,本来长袍马褂或许更有中国特色。可是艾瑞克不仅坚持让孔祥红光着脑袋,还要他"半裸"着上身登台。

艾瑞克解释说,如果将演员包裹在长袍里,演员就会产生一种可以躲在里面的心理暗示,就不会把真实的自己完全交给观众。女演员也一样,如果给她们特别华美夺目的服装,她们的注意力就会在服装上,而不在表演上。只给她们最普通的演出服,仅仅标注最基本的身份信息,她们就会试着完全用自己的表演功力来塑造角色。

但设计服装的工作并不会因此变得轻松,因为设计师必须用最简洁的表现形式,一目了然地"说"出人物承载的文化信息。再以孔祥红的服饰做例子。服装刚做好拿来的时候是簇新的,这引起了艾瑞克的不满。在他的设计中,老孔是一个风尘仆仆远道而来的形象,衣服怎么能这么新呢?还是充当翻译的张丽清女士随机应变,她把老孔的新衣服扔到马路上,让往来奔驰的汽车帮忙"做旧";又从食堂借来一碗老醋,泼

身兼时空之旅公司副总和翻译的张丽清正在与艾瑞克沟通

在"腌菜缸"的盖布上,才算完成了老孔的角色塑造。这块"破布"后来一直用了三年。

当然,艾瑞克的创意并不是每时每刻都能和中国文化契合对位,毕竟他来自地球的那一边。

《时空之旅》的编排大致完成后,艾瑞克觉得节目最遗憾的一点是演员和观众互动的环节不够多。他想通过创意给台下的中国观众更多惊喜,改变他们单纯的"看"的状态,让他们感到融入表演中,真正走进了时空隧道。

他想出的办法就是在演出开场前,安排若干演员披着白绸扮成雕像坐在观众席里。演出进行到某个环节的时候,台上一声令下,观众身边坐着的雕像一齐"活"了过来,走上舞台开始表演,给观众一个前所未有的大意外。

艾瑞克被自己这个奇思妙想感动了,他兴冲冲地告诉中方导演却遭到了所有中国人的反对。中方认为,身边坐着一个披白布的人,中国人会把他跟死人联系起来,演出也很有可能被视为有关死亡的仪式。这太不吉利了。

"这会是一个绝妙的桥段,把现代和古代、舞台和观众席紧紧联系在一起,不过这只是我最初的想法。当中国导演表达了意见以后,我认为他们是正确的。"

艾瑞克很快放弃了观众席上坐演员的想法,而中方导演最后也同意了将绸缎运用在蹦床节目上的方案。艾瑞克对不同源文化的理解和尊重,最终弥合了双方认识上的差异。

时空法则第十二条:展现中国文化,不一定都需要脸谱式的表达。中国文化存在于你身边每一个中国人身上,关键看你有没有发现它的眼睛、提炼它的本事。

第五章

搭台唱戏

《时空之旅》项目一直拖到 2005 年 3 月才开始启动。艾瑞克签订合约后马上回到加拿大蒙特利尔组织他的团队，到 6 月上旬再次来到上海。这时候，距离 9 月 27 日的首演只有不到四个月的时间。

艾瑞克一下子就领来了 25 个老外，里面不仅包括灯光、音响、编导、舞美人员，还有行政秘书、会计、后勤人员，甚至还包括几位工程师。他们的任务是改造上海马戏城的剧场，使之成为《时空之旅》的舞台。

时间太紧张了，对舞台的改造不得不与演员的排练同时进行。如果碰上必须清场的安装器械环节，只有等到演员们完成了训练，机械师才能紧锣密鼓地连夜赶工。

但是，时间紧的问题还不是最要命的。《时空之旅》的节目究竟是个什么样子，连艾瑞克也不知道。与之配合的道具应该呈现出什么样的状态，就更没有人能说出个一二三来了。一切都在摸索中进行。往往是编导随

《时空之旅》外方创作团队合照

时迸发灵感，外国工程师立刻根据他的想法画出一张创意草图，中方再最终把它落实为精密的器械。

根据协议的要求，道具的制作工作由上海杂技团承担。拜中国改革开放三十多年来制造业的大发展所赐，他们可以在全国范围内找到如此多的工程机械制造公司，来共同打造梦想。他们用奇绝的智慧，更多的时候是依靠中国式的变通，上演了一出新世纪的"四大发明"。

戴珺的"晃板踢碗"节目里的司南小船就是这样一个典型的"中国制造"。艾瑞克把想法告诉工程师，工程师画了一艘小船的创意草图。它怎样才能在舞台上平缓地行驶呢？老外的建议是：用残疾人助力车进行改造。

这个想法递交到中国工程师这里立即被证明是不可行的。欧美的残疾人助力车在功能上比较完备，自动前进、倒退、转弯、打转，几乎无所不能。而国内不具备这样的制作水平，首先在负载能力上就不过关，无法承受两名演员的体重，更别想用它来运载一艘道具船了。

这个办法行不通，他们就通过招标的方式寻找能人。一家来自广州的制造商提出了新的方案——改造卡丁车。车的外壳拆掉，只留下底盘，使用电瓶作为动力装置。卡丁车本来就有灵活的方向盘，简单加工后成为女演员"操船"的隐蔽摇杆，单手就能方便地操控。

结果，这样改造完的小船登台既平稳又无噪音。卡丁车的底盘低，船体正如一叶扁舟，在舞台声光薄雾的渲染下艺术造型接近完美，艾瑞克大加赞赏。他没有想到的是，从原材料购置到最终制作完成，这艘"远古之舟"总共只花了6万元人民币。

这家公司的另一个成功之作是开场节目所用道具"天之镜"。它的主体是重达 3 吨的玻璃罩。玻璃罩高 6 米，直径 11 米，还铺上了 160 面长 1.5 米、宽 0.84 米的镜子。演出开始后，除了舞台上的"天之镜"，整个场馆都沉浸在一片黑暗中。观众首先在镜中看到的是自己的影像。随着光影的变化，玻璃罩逐渐透明，人们这才发现演员置身其中，已经开始了如梦似幻的表演，这就是《时空之旅》的序幕。

"天之镜"是全球第一个被搬上艺术舞台的如此重量的玻璃道具，仅制作费用就达到了 57 万元。但它不过是《时空之旅》若干道具创新中的一个。看节目的时候，我经常想，舞台上的道具可能是最容易将"物有所值"这个信息传递给观众的东西了吧；制作不那么用心、看上去简陋粗糙的道具也最容易让观众感到被愚弄。在追求艺术品质的道路上，我们何妨先花点金钱和精力将硬件做到最好呢？

要说《时空之旅》最花钱的硬件，那还是灯光、音响等多媒体设备。在这些方面，有时候"中国制造"还稍显无力。我曾经走进神秘的《时空之旅》后台，在那里遗憾地看到，由电脑托管的舞台效果总控制台，核心部分仍然是"MADE IN CANADA"。

随着磅礴的音乐响起，一个 16 米宽、7.5 米高的巨大的激光水幕出现在舞台上。水幕背后四米处的三个投影仪同时发出激光束，在水幕上不断演绎出各种斑斓夺目的幻象。这样的奇幻效果完全由电脑监控。整个水幕有 16 个开关，每个开关控制一米宽、横截面积仅五平方厘米的水柱。激光在水柱上打出了 3 000 多个像绣花针头那么小的"孔"，近 50 000 个"孔"就形成了一丝一丝的细水柱，每一丝水柱直径仅 0.8 微米，而且水柱都呈 90 度垂直，十分精细。

这还不算完，水落到地面后，还要通过导流槽等装置，才能重新回到

7.5米的"高空";而水经过高空坠落和导流槽,难免沾上杂质,所以还得经过四道过滤的工序。

这样精巧的设置国内目前还无法简单复制。我想,创造力不是差距所在,更主要的恐怕还是"对舞台艺术究竟做多大投入"这种观念上的差距。这可能也是《时空之旅》存在的意义之一吧。

把梦想变成现实

读到这里,读者朋友们可能会以为打造《时空之旅》的舞台效果无非是一个钱的问题。真实的情况远非如此,就像一句老话常说的那样:钱能解决的问题都不是什么大问题。

2005年的艾瑞克患上了"中国文化饥渴症",对有关中国的一切他都琢磨怎样"为我所用"。适逢电影《卧虎藏龙》在西方大行其道,艾瑞克非常欣赏片中中国人"飞来飞去"的那种感觉,他想在《时空之旅》里用上这一招。

他的初步设想是在剧场上空增设轨道,杂技演员吊着威亚(钢丝)在观众头顶上往来穿梭,使舞台成为一个立体的奇境。想法有了,怎样将创意变为事实呢?

既然想法来自电影,他们就找到某电影制片厂特技队。对方拍胸脯保证:实现这个想法一点问题都没有!几天后,他们拿出实施方案,让导演大跌眼镜。原来,特技队将拍电影的那一套完全照搬过来。一人吊在空中,下面有大约二十个人负责牵引。领队一声令下,众人齐心协力,倒是真的实现了"指哪儿打哪儿"。

问题是,拍电影的时候,镜头只需瞄准吊在空中大秀造型的那位即可,行走于地面的众"苦力"可以被镜头完全忽略,舞台上可不行。如果要吊起五位演员,台下就得有一百来人绕着观众席打转,时不时还得喊上几声纤夫号子,那成何体统? 艺术的感觉何在? 再美的东西也美不起来了。

外国工程师提出,要在舞台上实现"卧虎藏龙",全过程必须由电脑控制。特技队此时骑虎难下,只能回去找程序员编程,尝试电脑操作。

几根威亚同时牵扯,方能保证演员在半空中的平衡。由电脑同时控制多根威亚的角度、力道、走向,编写这个程序谈何容易。因为关系到演出安全头等大事,特技队也不敢大意。设计每进行一步,他们就来到马戏城,现场检验成果。

不可能让演员以身犯险,他们专门制作了与演员体重外形都很相似的沙袋来做试验。每每"enter"键一敲,几根威亚相互交错,便将"沙袋人"扯得粉碎。台下的观者全部目瞪口呆。

这样尝试了若干次,扯碎的沙袋少说也有二十来个。特技队终于无奈宣布试验失败,彻底放弃。艾瑞克的绝妙想法也就无疾而终了。

"上天"不行,"入地"总该不难吧? 即使不能像太阳马戏那样,用一泓池水替代舞台,艾瑞克要求《时空之旅》的舞台至少具备灵活升降的机能。

但对于马戏城的剧场来说,这是一个改变结构的大动作。《时空之旅》请来的是造船厂的工程队伍,对方曾经制造过潜艇,改造剧场舞台料想应不在话下。

可是,不知道是不是因为造惯了大型船舶,工程队运来的液压升降装置特别笨重。装配好了以后,舞台既升不上去也降不下来。艾瑞克想象中的情景变化,一个也实现不了。

推倒重来、再推倒、再重来……焦头烂额的舞台改造几乎让所有参与者筋疲力尽。时间在一天天流逝,首演的日子越来越近了。

按照原先约定的进度,7月1日剧场必须完工,完全交付给演员,进行最后阶段的走场排练。可是,改造工程难度太大了,进展非常缓慢,足足拖了三个星期演员才得以进场。就是到了这时候,仍有很多大型道具没有制作完成,设备未能调试妥当。

整个剧场改造期间,艾瑞克每天的平均睡眠只有两三个小时,此时他已经熬得满眼通红。原本脾气很好的他,也因为无休无止的交涉和近乎争吵的"商议"而嗓音沙哑。他不止一次找到中演公司的竺自毅,陈述其中的利害,表示《时空之旅》根本无法在9月27日首演。

艾瑞克指导演员修改提高动作

"如果太阳马戏团这样的杂技团制作一台大戏,时间跨度通常是一到两年。"不用翻译,人人都感受到了艾瑞克"熄火"的嗓子透出的疲惫和无奈。竺自毅何尝不明白,太阳马戏团新推出的剧目,仅"软首演"就要持续三个月的时间。剧目部分对观众开放,再根据反馈调整形式、完善道具、磨合演出队伍。而《时空之旅》仅排演四个月就要直接面对买票入场的观众。

渴望早日完工,职业素养又要求他们追求尽善尽美,复杂的情绪在外方团队中蔓延。这里面感触最深的是和中方人员协同改造剧场的技术总监艾瑞克·赛尔(为了区别于艾瑞克·维伦纽夫,人们经常称呼他为小艾瑞克)。他与竺自毅进行了一次非常严肃的长谈,最后恳切地总结道:"如果《时空之旅》一定要在9月27日首演的话,我们不敢承认它是我们的作品。"言毕,他热泪盈眶。

艾瑞克·赛尔最终没能等到《时空之旅》首演的日子。在前一天,他飞赴日本参与一个新的演出项目。我不知道这位可爱又倔强的加拿大朋友是否没有勇气观看这场"不可能的演出",据说他在知悉《时空之旅》盛况空前的观演浪潮时也曾经表示欣慰。遗憾的是,直到今天,他也没能安静地坐在上海马戏城的剧场里,从头到尾观赏一遍磨合成型的《时空之旅》。

可无论外国团队表示什么样的意见,中方的态度是雷打不动的坚决:《时空之旅》已经向社会做出承诺,不管排练到最后什么样,都要直接拉上台,首演的日期绝对不能改。这是一个很有中国特色的决定,在此刻,个人的意志无法撼动集体的荣誉。另外,或许是三十年来见惯了太多的奇迹,许多参与者对"中国速度"始终抱有很大的期待。我们能够赶在首演前完成一切! 这种信心在诸事不顺的逆境中发挥着支撑作用。

于是,《时空之旅》继续向前推进。二十多位老外和四五十位来自三个系统的中国人日以继夜地持续激辩、碰撞,这里面也少不了拍桌子发脾气的不欢而散。

排练集锦

盖·布罗依是《时空之旅》的设备总监,老爷子六十岁,常年为大型演出设计制造舞台设备,对工作一丝不苟。据说当年在蒙特利尔的时候,只要工程队做出来的产品令他有丝毫不满意,老爷子立马奔赴生产厂家,亲自坐在操作台前监工,看着他们一笔一划修改,直到完全符合要求为止。

他把这一套带到上海来却完全不合用了。言语不通,尽管翻译已经竭尽所能将词语的意思表达准确了,但是其中细微的差别,特别是牵涉到艺术领域的种种灵感,中方的施工队伍却始终很难领会,急得布罗依干瞪眼。加拿大所拥有的熟练舞台制景师,中国目前还不具备,剧组请来给《时空之旅》布景的工人原来只做过建筑施工或者最基础的机械制造。在布罗依看来,他们手里的活都太粗糙,达不到舞台的要求。

艾瑞克对工程质量和期限要求非常严格,老爷子没少受他催促。终于有一天,盖·布罗依在与中方的沟通例会上按捺不住了。"要么好好干,要么就干脆别干了!"

中方施工队伍负责人也是满肚子委屈,这已经是他们最好的水平了,老爷子却误会他们敷衍了事,不想认真完成工作。这下双方都急了,布罗依拍桌子,对方也是当仁不让。要不是中间有人拦着,双方眼看就要展开一场肢体冲突。

在例会上负责翻译的张丽清赶紧拉住了火冒三丈的老爷子。"双方都冷静一下,等会再谈。"在她的劝说下,布罗依离开了硝烟密布的战场,在马戏城旁边的公园里散步,来调整心情。

许久,他回到会议室,继续商讨工作。事后他告诉张丽清,在平静的湖面上划船,让他的心情渐渐好转了起来,"谢谢你让我走开一会儿,不然我今天就要打人了。"

　　类似这样大大小小的争执几乎每天都在发生,张丽清形容自己的工作状态是"一会儿协调分歧,一会儿和稀泥,一会儿吵架"。

　　不过老外有一个共同的优点:对就是对,错就是错。尽管当场争执得面红耳赤,事后只要意识到确实是自己错了,第二天他们的发言绝对会从道歉开始。相反的,中国人"爱面子"的

中方工作人员、中外联合导演组正在与演员探讨节目表演

传统观念比较强,很少能听到嘴上的认错。这时候,翻译的责任就显得尤为重要了。他们不仅要隐去可能造成伤害的词句,还要说出当事人没有说出来的"心里话"。否则,《时空之旅》将陷入无止境的摩擦之中。

　　"第一天吵架吵得一塌糊涂,第二天大家照旧坐在一起继续推进工作,因为必须完成这件事。"外国人是出于职业素质的要求,而中国人更多的是为集体的成功而奋斗。

　　那么,外国团队内部会有意见不合的时候吗?我问张丽清,都是搞艺术的人,他们会不会有相左的时候。张丽清笑了,她说:"为了演出的事情吵架,他们一点都不亚于中国人。"或许争吵是最好的艺术探讨模式吧。

时空法则第十三条:人们习惯于把多媒体声光电打造的舞台艺术称为"梦工厂"。其实,把梦想变成现实的过程一点也不浪漫,它依赖辛苦甚至枯燥的工作。

学会感染观众

这边工作人员忙着搭台,那边等着"唱戏"的演员也没有一刻闲着。

8月的上海正是最潮湿闷热的时候,剧场大规模改造还在进行过程中,演员只能在没有空调的环境里迎接酷暑。

好在中国的杂技演员从小开始都是"内练一口气、外练筋骨皮",绝对没有娇生惯养的孩子。挥汗如雨的苦练对于他们而言不算什么。艾瑞克和黛布拉倡导的游戏般训练和开放的表演形式,反而让他们感到新鲜和愉悦。

艾瑞克指导排练

"台圈"是中国杂技的传统项目之一。演员以轻盈的脚步小跑,几个跟头后,神速穿越空中的圆环,有的还能在圈中做转体飞跃。因为台圈演员的灵动,这个项目被称为"向地球引力挑战的艺术"。多人同台的时候交叉过圈,时常令观众眼花缭乱,叹为观止。

艾瑞克看中了台圈的"热闹",把它选为《时空之旅》里参演人数最多的群体项目。可是,目前这种传统的形式不符合《时空之旅》的艺术要求。既然台上都是二十多岁的年轻人,艾瑞克索性让他们染红或染绿头发,再穿上时尚的便装,塑造成一个个街头人物。

千篇一律的身形动作不能用了。"你们每个人都要自创一个登台的动作,目的就是感染观众。"有时候,黛布拉亲自示范;更多时候她站在舞台中央做评判,演员的动作新颖有趣就会过关,否则他就要下台再想一个。

经过艾瑞克的编排,《时空之旅》的台圈成为一场街头斗舞:

两群年轻人在街角相遇了。不服气?那咱们就比比看。你方刚一个连环跳,我方紧接着就是一个后空翻过圈,临了,还不忘大秀一段街舞。年轻人个个神气活现,

台圈排练

完成一个漂亮的动作后,走近观众展示自己的青春能耐和得意洋洋。

大家从最初的互相较劲,到比试中的惺惺相惜,最后完全融成一团。节目表演也在这时候自然进入最高潮,演员从舞台的四周同时穿越正在转动的台圈。他们传递给观众的不仅是高难度的杂技技巧,更是只属于这个时代的青春活力。

所有节目都要进行这样的改造,使它富有时代气息、传递某种文化韵味。节目和节目之间还要有逻辑联系,过渡要有艺术气息,讲述关于《时空之旅》的故事。演员的表演达不到这样的要求固然要重来,负责创排的工作人员更是殚精竭虑、思考怎样为节目注入活力。

在离首演不到一个月的时候,单个节目陆续成型,《时空之旅》终于开始串编。这时候,剧组采用"歇人不歇马"的方式,最大程度地压缩时间和利用马戏城的空间。"人"指的是所有杂技演员,而"马"指的是编导队伍。最忙的无疑是艾瑞克,他的多媒体设备还在继续调试,他本人几乎一天二十四小时钉在剧场里,审核一个个节目,不断修改。"饿了吃一口饼干,渴了喝一口矿泉水。眼睛跟狼一样。"他向每一个前来视察的中方负责人念叨:节目排不完,首演日期要往后推。当一切的努力宣告无果后,艾瑞克进入近似疯狂的状态,玩了命地不停工作。在最后阶段,他已经不是在为酬劳辛苦,而是为了个人的荣誉做殊死一战。

因为节目最终的效果不确定,此时三方投资者也时刻关注着彩排的进展。黎瑞刚工作太忙无暇抽身,他委托上海文广新闻传媒集团副总经理汪建强为《时空之旅》的创作和营销活动提供一切尽可能的帮助。

汪建强深知,在文化产品运营的环节里,产品是市场价值生发的基点和内核。"尤其是演出产品,它是体验式产品,口碑对它的传播起决定作用。"作品好不好,决定了这次投资的成败。为了使《时空之旅》这个产品的质量更有保障,他决定抽调人手加入排演。

宗明是时空之旅公司的董事长,同时也是投资方之一上海文广的党委书记。在她和汪建强的协调之下,上海文广充分发挥了在多媒体方面的技术优势。对于上海杂技团来说,如何将传统技艺与现代多媒体技术融合无疑是一个难题。而发源于电视媒体的上海文广拥有舞美、灯光等舞台演出艺术的人才，对于现代多媒体技术的应用更是深有心得。他们的加入无疑大大推进了时空之旅项目的进展。

在三方化学反应的作用下，上海文广对于《时空之旅》的扶植不仅是缺什么补什么，除了文艺、技术两个团队的加盟，宗明还抽调了广告运营中心的专业人才来为《时空之旅》的营销出谋划策，甚至直接输出管理人才，为创建初期的时空之旅公司提供了强大的人才支持。

尤其值得一提的是，正因为上海文广的传媒背景，他们深刻体会到传媒力量决定着这场演出的成败。不仅有负责新闻采编的队伍时刻关注《时空之旅》彩排的进展，及时将新消息发布给社会大众，宗明还请纪实频道以纪实手法全程跟踪了《时空之旅》的创排过程，记录下所有创作人员点滴的辛苦、进程中遭遇的难题以及解决问题的方法，为《时空之旅》留下了宝贵的第一手资料。

在研究中国企业发展史的时候，我常常有这样的遗憾：如果某次决定企业命运的会议现场被记录下来，供更多的后来者收听、观看，以后我们在改革道路上遭遇的种种艰难困苦，一定能够大大避免，一次次的"试错"也会留下更多的印记。

《时空之旅》弥补了我的这种遗憾，我希望这种主动记忆能够成为中国文化体制改革中的一种常态。

终于，彩排的时间到了。训练期间封闭的舞台现在向中方全面开放，请他们观摩节目并提出意见。

当然，俞亦纲非常熟悉杂技节目的编排创作，竺自毅更是有几十年的中外演出交流经验。他们深知此时要留给导演足够的艺术创作空间。用竺自毅的

"时尚戏圈"节目剧照

话来说，"对于艺术创作，十个人就会有十种完全不同的意见。如果我们那么高明，还请导演干嘛呢？"他们掌控的是核心价值，把握精神文明建设的要求，使这台演出"对市场负责、对老百姓负责，也要对政府负责。"

竺自毅很欣赏"时尚台圈"的创意，可是从观众的角度考虑，他希望年轻演员在甫登台时稍微降低一点"攻击性"——艾瑞克原先的设计完全是一种嘻哈风格，更接近北美的街头文化，年轻人的相互挑衅像是"要打架"。

中国观众，特别是一些年长者未必欣赏这种文化，而他们中的许多人将决定《时空之旅》的官方评价。竺自毅觉得"时尚台圈"可以突出竞技性，而不是打打闹闹，舞台上的对抗要更加艺术化，这并不戕害节目的时代气息。

这种建议是《时空之旅》最需要的金玉良言。剧目就这样一点一滴地逐步完善，力求符合东西方共同的欣赏口味。

可惜的是，已经没有时间留给创作人员推敲细节了。演员要保证充足的睡眠，不能长时间承受超负荷的运转；机器设备的架设也不得不告一段落，只能把现有的用到最好，而没有完成的注定将成为遗憾。

因为，9月27日由观众来检验成果的日子即将到来，他们将用掌声为《时空之旅》的成败投票。

没有人知道结局会怎么样，甚至没有人看过这出戏的全貌。

作为董事长，宗明在忐忑中观摩了创排人员的试演，她没有提修改的细节，"今天大家很辛苦，希望能够精益求精，注重细节，不断完善，我始终坚信，我们正在创造历史。今后，大家回想今天付出的努力，会是你们在座每个人永远的集体记忆和宝贵财富。"

　　时空法则第十四条：尊重艺术品生产的规律。每个人对于文化产品的生产制造都有各自不同的理解，在这个领域没有民主集中制或者投票决定制，必须信任某个人。

首演的"亮相彩"

ERA，英文原意为时代、世纪，引申义为新纪元。显然，制作方希望《时空之旅》成为中国杂技，乃至中国文化演出的新纪元。这个新纪元的开始有一个精确的日子，那就是 2005 年 9 月 27 日。此前，中国杂技人的探索混乱混沌；而此后，至少走向辉煌的路已明确。

就让我们看看那个夜晚究竟发生了什么。

华灯初上，往常一到夜间就显得相对沉寂的上海闸北区，今天却热闹非凡。共和新路马戏城几十米高的金色巨球下面，从下午六点多就开始汇聚人流。这里有手持首演票、兴高采烈的上海观众；也有操着侬语吴声从华东六省专程赶来的短途游客。人群中还有 200 位穿着讲究、气度不凡的外国客人,从随团安保人员高大神秘的外形不难看出,这200位客人不是普通的外国游客。他们正是应商务部邀请来上海考察的加拿大魁北克省省长沙雷一行。此前一天,他们已经与上海政府部门和企业家进行了深度交流,圆满完成了商务行程。来观演上海马戏城的节目,对于沙雷来说既是上海之行的余兴安排,也算见证中加双方的一次友好合作。

不明就里的路人议论纷纷:上海马戏城落成有几年了,外国客人也来过不少。可是今天这样严阵以待的架势还真的没见过。瞧这些观众的穿着打扮,不像是来看杂技,倒像是准备去欣赏歌剧的。眼尖的人远远看见了宣传海报,原来今天上演的是名叫《时空之旅》的多媒体梦幻剧。上海人在观看艺术演出时从来不吝惜投入,着急的人赶紧上前询问票务的情况,迎接他们的只有票房挂出的偌大的"售罄"牌子,1 400多张座位席早已出售完毕。只有一票言语礼貌、"文质彬彬"的上海特色"黄牛"在人群中穿梭忙碌着。不过,今天的演出票很难从观众手里收购到,谁都不愿意错过这一场被媒体渲染得"无比绚烂"的演出。

矗立在马戏城门口的《时空之旅》海报

毫无疑问,许多中国观众是抱着将信将疑的态度进场的。一些人压根不相信《时空之旅》真的如媒体所言会是一场"颠覆性的表演"。这年头,媒体盛赞而实际上水平却很低的东西太多了,尤其是在文化演出领域。把观众逛到剧场来,最后再补发一条新闻总结为"叫好不叫座"也算自圆其说。可是,《时空之旅》是在观众热烈的掌声和欢呼声中开始的,仿佛预示着今晚的一切将与众不同。

每一个首次接触《时空之旅》的观众在钻进金色屋顶的那一刻,就已经被舞台征服了。舞台上高达 6 米的玻璃墙是隔开尘世与幻境的幕布。透过圆墙,观众看到的

马戏城剧场大厅中熙熙攘攘的中外观众

是梦幻之境,又在光影折射下朦胧看见了镜中的自己。这种用巨型道具诉说的舞台语言强调的是和观众心的交流:在此刻,请放下尘世中的一切,平静享受这奇妙的时空旅程。

光影渐暗、大厅渐黑,古朴悠扬的乐声响起,没有一句解说词,黑暗中甚至辨不清方向,每个人都隐隐感到一种新生命诞生的悸动。灯光全灭,苍穹彻底虚空。"天之镜"的中央出现了一丝微光,点亮了镜中几位舞者曼妙的身形。怀着对于生命的敬畏之情,他们全部安静蛰伏,只有一只手臂如破土嫩芽随风成长。

伴随着生命的旅程,《时空之旅》就这样向世人揭开了掩藏已久的神秘面纱。没有慷慨激昂的陈词,也没有血脉贲张的舞蹈,《时空之旅》静静地

《时空之旅》开场节目"天之镜"

开始了。可是观众知道,舞台上将出现的精彩会是前所未见的。

这时候,《时空之旅》的几位幕后主角又在做什么呢?

艾瑞克正坐在他的同乡加拿大人中间,享受作为一名普通观众的乐趣。他可能是场上最愉快的观众了。

一年多的艰难谈判、四个半月的疯狂工作、无数次的创意激荡、一番番的否定与重生。七点半《时空之旅》大幕拉开的那一刻,他终于丧失了继续修改完善它的权力。《时空之旅》义无反顾地奔向观众,兴奋而又略带羞涩地迎接大家的评头论足。至少在这几个小时里,艾瑞克对它无能为力。这种无力感反而将疲惫感一扫而空,带来的是无比的欣快。

坐在一群魁北克人中间也让艾瑞克感到轻松。中方在演出安排上的一个小细节给艾瑞克带来了意外的感受。为了不至于弄混,贵宾席的椅背上都贴着客人的名字。200 位来自加拿大的贵宾,按照中国人的待客之道,椅背上都客气地写着"××先生"、"××女士"的尊称。

统一称呼的话,艾瑞克的椅背上应该写着"维伦纽夫先生"的字样。可是,当他找到自己位置的时候,却发现字条上的称呼是"艾瑞克"。

在艾瑞克看

"天之镜"节目剧照

来,直呼其名是一种亲切,甚至是其他加拿大贵宾都没有享受到的"特殊对待"。和中方合作这么久,他更多时候获得的是礼貌和尊敬,字条的意外让艾瑞克感到,他与中国朋友在心灵上又走近了一步。

现在,留在艾瑞克心中的悬念只有一个:中国观众会如何对待这场演出。

他隐隐有一些担心。因为在了解中国文化的过程中,他曾经数次观摩"中国歌剧",即京剧的演出,中国观众的表现让他印象深刻。观众有时候会在台下穿梭,不时有人交头接耳窃窃私语,演出进行到精彩处还有人昂首叫好。这究竟是中国观众特殊的观看演出方式,还是他们漫不经心,又或者是表示对演出质量的不满呢?

《时空之旅》的正式开演让艾瑞克悬在半空中的心放下了一半。他目光扫过的每一个观众都沉浸在表演中,注意力完全被舞台吸引。在每一个精心设置的精彩桥段处,观众的掌声总是如约般响起。

可是,观众也没有表现出外国马戏表演时常有的欢笑和投入感。对中国观众的感观,艾瑞克始终难以猜度。既然无法左右,他静静地等待着演出结束那个时刻的到来。

　　这时候,制作团队的其他人都没有艾瑞克的这份闲情逸致。

　　首演的舞台总监暂时由加拿大人担任,灯光、音响、多媒体的控制也全部由外方负责,中外之间的沟通就成了最要紧的工作。汪建强守候在总控台,张丽清将催场、走位等一系列指令发布到后台。

　　后台宛如刚接到火警的消防队,一些人踩着迅疾的步点奔波忙碌,更多的人在一边干着急,看到演员疏漏的地方就想上前提醒,又怕干扰了他们正常的节奏。俞亦纲和竺自毅就是其中的两位。观众席里本来为他们准备好了座位,可是这种情形下他们又怎能安坐于台下。他们都想离演员近一点看看能帮上什么忙,哪怕只是给演员们精神上的安慰,在这一刻,所有《时空之旅》的参与者是一个荣辱与共的整体。

　　但无论后台有怎样的担心和忐忑,这时候唯一主导舞台的只有演员。

《时空之旅》技术总监谭代清正在检查道具

让我们把关注的焦点转回到舞台上。

　　魔术师以神奇的手法将一碗水朝天泼去,霎时,雨丝从天而下,形成了高 8 米,宽 18 米的壮观水幕,水幕上不仅出现了多种多样的背景画面,而且还同步影示现场表演的动作轨迹,把这些精彩绝伦的肢体表述深深地留在观众的脑海里。

　　演出渐入佳境。魔术师将整

个舞台变为一泓池水,接下来就该"远古之舟"划向池水中央了。艾瑞克对后面这个精心打造的节目充满了期待,在他的设想中,司南小船不仅会在艺术造型上冲击观众的视觉,戴珺"晃板踢碗"的绝技也将震撼观众的心灵。

那真是一个会让观者揪心的高难度动作,每次彩排的时候艾瑞克都为戴珺捏着一把汗,可是他总能在惊险中堪堪完成动作。今晚是司南小船首次公开亮相,和着柔美的音乐,在江南水乡的小镇风光中,一叶小舟缓缓划出。就连后台的工作人员都暂时放下手中的事情,等待戴珺今晚的精彩表演。

小船停在舞台中央,朦胧月光映照下,戴珺放下了撑船的长竿。一米见方的船头,他取出一段圆棍支撑起一块木板,轻巧地踏足其上。

为求平衡,戴珺必须不停地摇晃身体。普通人在平地上这么做已经很难,他却在倾斜的小船甲板上完成动作,如履平地。在观众们目不转睛地注视下,女演员递上第二块木板和四个玻璃杯子。戴珺分别在木板的四角放上杯子,将脚下的晃板架到双层。胆小的观众已经不敢往下看了,可是舞台中心的惊险还远没有完。转眼之间,戴珺又将木板垫到了第三层,还在头顶平放了一只

渔舟唱晚"碧波轻舟"节目剧照

青花碗。

　　此时他单脚站立,微笑着向船头的女助手示意。女助手抛过一只碗来,戴珺顺势用脚尖一挑,轻巧接住,人丛中发出啧啧的惊叹。说时迟那时快,他右脚一抖,脚面的青花碗顿时划出一道美妙的弧线,"啪"的一声稳稳当当叠在头顶的青花碗上。观众席里异口同声地惊叹,紧接着是一阵热烈的掌声。

　　戴珺这看似轻松的一抬脚,凝结着三代人几十年的不懈努力。与孔祥红类似,戴珺来自一个杂技世家,爷爷、父亲和几位叔叔都练杂技。他六岁起练功,是在晃板上长大的。如今,他已经在摇晃的木板上从艺三十年。为了"晃板踢碗"的表演,戴珺甚至耽误了自己的婚姻大事,直到35岁那年才走入婚姻的殿堂。

　　妻子吴姗姗只在现场看过一次他的表演,看完后她就说:"我再也不敢看第二次了。"如果说孔祥红的青花缸以稳健和力道取胜,戴珺的青花碗则胜在惊险和奇巧。这是一个注定在满堂喝彩和严重失误的边缘游走的杂技项目。有一次去台湾演出,大概是长途运输的缘故,道具玻璃杯出现了不易察觉的裂痕。当戴珺将木板搭起来的时候,玻璃杯突然碎裂了,造成了戴珺小腿拉伤。

　　幸好今天,在《时空之旅》的舞台上,道具的承重似乎没有任何问题。按照表演的流程,戴珺要站在晃板上将六组青花碗踢上头顶。起先是一个碗,接下来分别是两个碗、三个碗、四个碗各一组,然后是一个杯子,最后还有一个汤匙。直到汤匙"啪"的一声轻响落定,戴珺的表演才算圆满结束。

　　老天爷似乎在嫉妒《时空之旅》首演的顺利,又或者故意考验演员的毅力。就在他作势踢起四个青花碗的时候,伴随着稀里哗啦的一阵脆响,瓷碗摔到地上、玻璃杯滚落一船，戴珺从木板上掉了下来，表演完全失败了！

现在回想起来，这个失误并非没有先兆。早在开始排练这个节目的时候，艾瑞克并没有给戴珺任何的动作指导，只有意境方面的要求。从撑竿划船到直立船头，再到踢碗动作的衔接，所有的动作都是戴珺发挥自己的想象力重新设计的。这样的表演和他二十多年训练演出的动作完全不一样，新的动作意味着巨大的风险。

戴珺表演"晃板踢碗"

而且，"晃板踢碗"是一个平衡类的节目，过去演出头上打顶光，戴珺眼前有参照物来平衡自己。现在为了增加舞台效果，改用追光。在观众看来，舞台上是一片绚丽朦胧的色彩，在他的眼前却是一抹黑。

在四个半月的时间内，将一个演出超过二十年的节目做内容与形式上的颠覆性改变，戴珺的训练强度和承受的压力可想而知。首演的前一天还在紧张的彩排，到了正式演出的时候，他已经接近体力衰竭的状态。而对于杂技演员来说，无论心理上还是生理上，丝毫的不适都可能造成失误。

就这样，戴珺在首演当天"完成"了他在《时空之旅》所有演出中最大的一次失误。

此后,戴珺多了两条不成文的规矩:从凌晨一两点到下午两三点,每天睡足十二个小时;一旦表演中有小的失误,包括漏踢碗或者道具掉在地上,散场后加练十遍动作。

杂技团也有了一条不成文的规则,在演出开始前,不向演员介绍任何关于观众的情况,避免他们产生不必要的压力。

时空法则第十五条:消费者永远是文化产品是否获得成功的最后裁决者。

请为我喝彩

第六章

戴珺失误了,杯盘狼藉的一次失误,不能继续表演的一次失误。

唯一的选择只能是向观众深鞠一躬表示歉意,然后结束这个节目。

观众依然报以热烈的掌声,这是在向每一位踏着风险登台的演员致敬。失误在所难免,这只是一场秀,我们已经获得了快乐,不是吗?

《时空之旅》在观众的鼓励中继续着精彩的旅程。在接下来的"时尚台圈"中,又有一个小伙子在跳圈时出现了小小的失误。他顺势在台上做起了俯卧撑,好像在接受惩罚。观众们不由得报以会心的微笑。

演出随着情节流转,不再是报幕式的杂技串联,真正进入"梦幻剧"的状态之中。失误成为不经意的桥段,演员不是精密的机械,而成为一个个有血有肉、有悲伤也有喜悦

首演时的观众席

的观众身边的"人"。节目串编上的不完善被观众看在眼里,反而将他们的心拉得更近。正因为风险随时存在,观众第一次为演出能否顺利进行操起心来。从"顶缸"到"软功"再到"飞天",每一次惊险过后,观众席里便传来如释重负的叹息和雷鸣般的掌声。

这是一场可能改变中国杂技命运前途的表演,这是一场蹒跚学步在摸索中前行的表演,这是一场场内场外都存在真正风险的表演。可惜只有不到两千名观众有幸在现场见证了这一时刻。他们中的许多人,原本是抱着不屑一顾的态度进入剧场的。

李骥就是其中的一个。这位前"优客李林"成员之一是以一位普通观

众的身份被邀请来观看首演的。他走进《时空之旅》剧场的那一刻，正逢戴
珺的表演。

　　李骥来上海是为了参加一个电视真人秀节目的录制，接到晚上看秀的
通告，同行者兴致普遍不高，可能是对于中国杂耍的刻板印象实在太深刻，
因此压根就不觉得他们能发掘出新意。出发时间晚了将近 30 分钟，从南
到北穿越浦西中心区域时他们碰上下班时间的交通拥堵，在上海马戏城下
车的时间已是比开场时间迟了 20 分钟。

　　就让我们借用李骥的眼睛感受这一次时空交错的旅行。

　　"我们进入了贵宾包厢，正在舞台前方的看台。刹那间，心情的感受便
格外不同了。整场演出透过多媒体的影音呈现着时空穿梭的魅力，最值得
一提的是在每一个场景概念中，现场伴奏的新民乐结合了现代的节奏，恰
如其分地将观众吸引到艺人展现的绝活中。"

　　漏掉开场部分成为李骥心目中最大的遗憾。从走进剧场的那一刻开
始，他的眼睛就没有离开过舞台。扣人心弦的动作和肢体演绎，让原本计
划坐一会儿就离开的同行者有些意外，频频询问李骥是否要留下。

　　"我感受到艺术的美感，大大出乎我的预期，所以有些武断地说服大家
留到最后。"

　　一直关注舞台艺术，也从事过舞台表演的李骥尝试用不同的视角来看
待这场演出：道具戏服的考究加上时空错位的戏剧安排，每个地方都看得
出创意。就光是一个跃环，本应该是相当无聊的体操动作，可是在糅入百
老汇的群舞编排后，却令人惊艳。

　　"中场休息，我们几个人在 VIP 专用的休息室聊天，5 个人都挺高兴有
这个机会重新认识杂技表演的艺术呈现，不过我还是注意到旁边的红酒，

禁不住多喝了两杯。

　　"下半场开场的甩灯有些打断了上半场持续的期待。半亮不暗的场灯虽然营造了超现实的氛围，却也影响了艺人的水平，失误漏接的状况真的打断了好几次的心绪荡漾。

　　"最美的一场是男女演员的高空共舞，仅仅是柔弱的绸缎丝带，两人竟能把爱欲情丝在高难度的体操动作中完美呈现。背景屏幕上是北京长安街的一个陆桥，后景有身着城市男女服饰的演员逐一穿行，这不就是人生么？引领主要演员出场的是古代打扮的老车夫，突兀于其他摩登装扮的过客，却一针见血地传达男女感情的超越时空，我，说不出的感动，远远超过马戏本身的强度。

绸吊节目"时空之恋"

　　"最后的铁笼飞车，看得令人胆战心惊，小小的圆形铁笼中竟然一辆一辆最终开进了八辆摩托！骑士的服装仿效秦国的军士，当他们一字排开在舞台前方，我的神经又是一阵错置。当骑士们一个一个飞车进笼的刹那，每个人的心都悬了起来，生怕什么意外会发生。"

　　八辆摩托在铁笼中齐飞，呼啸的汽笛和耀眼的车灯将整场演出的气氛推到最高峰。随着女演员亢亮的歌声响起，历时一个小时四十五分的《时空之旅》首演在观众惊心动魄的感受中缓缓落幕。三十几位演员再次登台

"时空穿梭"节目剧照

向观众致意，艰辛困苦此时已经不复存在，在他们的脸上，只有真诚的微笑；在他们心中，只留下分享感动的快乐。

在贵宾席，加拿大观众首先站了起来。接着全场起立，用持续而有节奏的掌声为每一个演员喝彩。这是最高级别的礼赞，在每一个中国杂技演员和中国观众的记忆中，它已经逝去许多年了。这一刻，它在《时空之旅》的剧场里复活。

掌声使舞台上的演员更加自信，台下的艾瑞克同样昂首而立。他们配得起这样的掌声，不需要任何形式的谦逊，就在观众的注视中陶醉。

万千不舍终须一别。空中飘洒下无数彩色纸片，有的观众将它抓在手上，惊喜地发现上面用中英文写着不同的关于时间的短句。

有一张纸片上是这样写的——"在所有的批评家中，最伟大的、最正确的、最天才的是时间。"

俄国哲学家、文学评论家别林斯基的一句话，为《时空之旅》的精彩首演做结，同时宣布了另一段伟大旅程的开始。

时空之旅演出结束时洒落的纸片

首演后的狂欢

那一夜无眠。

狂欢就在剧场旁边开始,因为《时空之旅》的参与者都等不及要释放自己的喜悦之情。

客人是两百多位加拿大魁北克的贵宾,主人是《时空之旅》编创排演的所有人,包括艾瑞克·维伦纽夫。

盛大的酒会现场站满优雅的魁北克男士,他们的翩翩风度十分醒目。华服掩饰不了他们观演后的激动,沙雷兴奋地说他见证了加中人民的友谊,甚至见证了加中在文化、经济各领域合作的美妙前景。他的喜悦之情溢于言表,为了加拿大人能够参与这样动人的表演而无比自豪。

然而稍后,张宇就以他高亢的激情压倒了"优雅的风度",他兴奋于《时空之旅》的难度与高度,喊出了"中国万岁"、"魁北克万岁"的口号,让来自

《时空之旅》演员合影

加拿大的宾客领略了中国气势。他的自豪属于整个团队。为了理想,他们承受了难以想象的细节的繁缛。他们的团队也像他们一样,以沉默的努力换来了令人咋舌的舞台壮举。数月的劳顿在当晚向着明晚过渡的时候才释放了出来,他们笑得十分开心。

快乐的时光总显得短暂,狂喜也不适合杂技演员的生活节奏。何况《时空之旅》是一辆已经启动的列车,没有机会停下来歇息。回顾和总结只能在前进中进行。

艾瑞克离开中国的那一天,他向每一位《时空之旅》的演员表示了最诚挚的谢意,感谢他们付出的汗水和努力。

首演后的庆祝

尽管不是生离死别,但是在互道珍重的时候,所有人的眼中都泛着泪光。这是一段关于时空的旅程,更是一段关于心灵的旅程。共同走过的人经历过的点点滴滴,怎能遗忘。

艾瑞克的离去标志着《时空之旅》的创排告一段落。但是它距离成功还有相当长的一段路要走。如果用商品来做比喻的话,《时空之旅》加工完成直到首演,仅仅完成了加工制作的一部分。接下来,营销队伍负责把它销往全国甚至全世界。面对萎靡不振的文化产品市场,把《时空之旅》"卖出去"的难度只会比把它"造出来"更高。

但是,毕竟有了一个完美的开局,有了消费者对于产品的肯定。首演结束的那个晚上,《时空之旅》的团队看到了观众意犹未尽的眼神,看到了他们聚集在剧场门口迟迟不愿散去,看到了他们争相与演员合影,看到

首演庆祝

了他们迫不及待地用手机和朋友分享兴奋和快乐。

戴珺说:"观众的掌声让我觉得一切都是值得的。"面对能够给创造者和消费者都带来如此幸福感觉的商品,有什么理由不全力以赴地推广它呢?

《时空之旅》彻彻底底地火了。

首演的巨大成功让观众和媒体回过味来——"中国娱乐第一秀"并不是主办方空喊的口号。首演之后,紧接着"黄金周"里火爆的票房也无愧于"第一秀"的美名。

购票观众太热情了,以至于《时空之旅》不得不在黄金周的每天下午加演一场。即便这样,观众依然纷至沓来,通过各种渠道将演出票一抢而空。根据统计,黄金周期间的出票率高达95%以上,其中尤以家庭散票为主。也就是说,观众基本上是扶老携幼举家而来。以当时《时空之旅》的最低票价80元计,一家三口来看一次演出消费就在两百元以上。甚至大部分价值580元的VIP票也被早早预订掉。

剧场订票电话几乎没有间断过,甚至到深夜零时还有询问电话打进来。

观众自掏腰包为一场杂技演出捧场，不仅上海的演出市场多年未见，在全国这样热烈的景象也是久违的。《时空之旅》用事实证明，文化演出不是太多，而是太少。能否在市场上取得好成绩，关键在于演出的质量和全新的创意。

上海的辐射力多年未在传统文化领域如此体现。长三角周边城市如南京、杭州、苏州等地的不少观众也赶来观赏。一位带团从浙江建德赶来的旅行社导游观看该剧后说，以往的传统杂技大多重技巧而轻情节，而《时空之旅》以"过去、现在、未来"为主题，把21种表现形式的节目串联到一起，把传统的柔术、跳板、踢碗、顶缸等绝活包装一新，借助多媒体之力加强了现场的观赏效果，带给人耳目一新的感觉，真可谓是"脱胎换骨"。

带着妻儿从外地来沪度假的陈先生说，他是从媒体的介绍中知道《时空之旅》这台节目的，但说实话还是将信将疑，因为广告宣传往往水分较多。不过由于适合长假期间举家观看的节目并不多，所以还是买了《时空之旅》的票。走进剧场后，感觉很值得，特别是"生命之轮"的高难度表演撼人心魄、扣人心弦。此外，现代舞、街舞、流行乐等时尚元素的介入，使节目更为现代、好看。

上海人终于体会到了他们的父辈曾有过的那份自豪。一位复旦大学女生在博客中撰文说，她一直不太相信媒体的过分溢美之词；但看了节目后感觉实际水平远远超过了各种宣传广告，实在是太美妙、太神奇了！

一位在浦东外资银行工作的李先生也激动地说："我真的说不出地感动。从未想象杂技能够如此演绎，中国传统文化能够表现得如此淋漓尽致，连我这个完美主义者都叹为观止。对我而言，演出远远超过了杂技本身，特别是最后的铁笼八骑飞车，看得人胆战心惊。整台节目完全不同于以往习见的杂耍式嬉闹与讨好，真的让人很愉悦，很享受。"

那段时间,《时空之旅》成了上海人招待远道而来朋友的一道文化大餐。

加拿大游客鲁克斯和卡迪夫妇在观看演出后说,真没想到,能在中国的舞台秀《时空之旅》中听到加拿大作曲家米谢尔·居松的新作。舞台上两支遥相呼应的乐队,带给观众全新的音乐享受。中国民乐与西方配器的完美结合,让人沉醉在神奇的音乐海洋之中。他们评价这一充满中国元素的国际大制作,是一件成功的艺术佳作。

前来参加上海旅游节的一位澳大利亚演出商感慨道:"中国杂技这棵参天古木在科技的帮助下,给人们带来了情感和视听的全新享受。《时空之旅》的精彩创意说明:中国传统杂技与当代科技有机融合,恰如美丽的上海这座城市本身,正在从'历史'向'未来'走去,正在坚定地朝着一个充满高科技的未来世界前行。"

从10月1日到10月7日短短七天的14场演出里,观众近两万人次,票房收入达到300万元。算上首演至今的场次,票房收入已经超过350万元。南京、杭州、苏州等地的旅行社已经在安排节后双休日的团体订票。剧场还接到来自澳大利亚、加拿大、新加坡等国的许多越洋电话订单,甚至有国外散客准备为他的上海之行预定节目。

《时空之旅》沉浸在乐观的气氛中,照这样的趋势下去,连"世界第一秀"的美梦都不再遥不可及。可是在文艺演出的世界里,严冬往往伴随着酷暑而来。《时空之旅》又会不会盛极而衰呢?

　　时空法则第十六条:文艺演出追求的是"亮相彩",而非渐入佳境式的慢热。亮相即获得满堂喝彩的节目,才有资格进入竞争激烈的文化市场;否则,不如趁早放弃。

为了八十一名观众

在《时空之旅》首演后走向辉煌的那个阶段,有几个人是始终冷静的。面对市场的狂热追捧,他们甚至有些战战兢兢,如履薄冰。这几个人包括张宇、俞亦纲,还有时空之旅文化发展有限公司的总经理郑梅。

一场演出在短时间内做到轰动全城甚至举国皆知,相对来说并不难。在这方面,许多剧团都有过成功的经验。而持续做下去,每天都能吸引到相对固定的观众人数,则是难上加难。

正如他们所担心的那样,《时空之旅》的票房在短暂辉煌后迅速迎来瓶颈期。伴随着黄金周的结束,人流量迅速退潮。而正因为当初的火爆,如今稀稀拉拉的客源显得更加惊人。

在文化产品的营销过程中,这种情况再正常不过。

管理团队尝试分析如此落差的原因:黄金周结束,国内来沪旅游人数大量缩减,这是客观存在的事实;这段时间观看杂技演出的上海本地观众占据相当的比例,他们基本上属于"一次性消费",即便节目再精彩,也很少有人会来看第二遍。这是不可强求的。

在进行媒体攻势和运作营销渠道的时候,"首演日期"、"黄金周一天两场"等消费信息可能给观众造成了错觉:《时空之旅》是不是国庆节的应景节目?虽然"一炮打响",观众对于《时空之旅》"天天演"还没有足够的期待。

尽管"天天演"的概念始终贯穿于营销之中,但是近几年来上海文化市场的"天天演"经常是演出几周便不了了之,观众对于《时空之旅》的持续演出性质并不充分了解。

这种情况在郑梅看来属于意料之中,"开发市场需要一个过程"。即便在创排人员庆功的时刻,这个过程仍然在持续进行。说一千道一万,"关键问题,还是目前阶段知道它的人太少了。"郑梅做出了这样的判断。

尽管如此,现实还是给人不小的打击。《时空之旅》十月份的票房持续颓势。每天的出票量急遽下降,从月初的一票难求到门可罗雀,这个过程只用了二十多天。

这种情形终于在 2005 年 11 月初迎来了最低谷。这一天,根据票房统计的数字,当晚来观看《时空之旅》的观众仅有 81 人。

获悉这个数字后,时空之旅公司的所有人全部神情黯淡。郑梅当即做出决定:晚上七点半,所有管理团队的人

时空之旅公司管理层合照

和她一起进剧场,陪演员一起度过这个难熬的夜晚。

当天的上海马戏城多少显得有点悲怆。应时而起的周边饭馆转入萧条,闲得发闷的服务员窃窃私语,猜测《时空之旅》的黯淡前途;剧场入口卖爆米花的大婶正在打盹;精明的黄牛们十来天前就踪影全无。

七点多钟天色已经全黑,三三两两的观众踏着夜色入场。明亮的大灯映照着他们寥落又疑惑的身影。有人在向门卫反复确认,朋友推荐的如此精彩的《时空之旅》是否就在这个剧场上演。在得到肯定的答复后,他将信

将疑，犹豫地走进剧场。

后台的气氛同样沉闷，往常的欢声笑语没有了，急促而踏着愉悦节奏的赶场步点也听不到了。演员在安静的空气中化妆和准备道具。伙伴之间只有眼神的短促交流，似乎不想多说一个字。

或许是因为光线的原因，又或者太寂静无声，剧场显得无比空旷。观众分散而坐，用大量空位区隔出属于自己的空间。整个观众席仿佛刚开局的围棋，在横排竖直的方格里有偶尔点缀的棋子。

对于一座乏人问津的剧场，票价的巨大区别已经失去了意义。观众不像是来欣赏一场秀，倒像是被邀来观摩内部演出的评委。

按照每名观众购票平均消费 150 元计算，81 名观众的总票房只有区区 12 000 多元。而刨去投资暂且不算，《时空之旅》演出的每场平均成本是 7 万多元。也就是说，按照这样的上座率演下去，演员每辛苦一场，时空之旅公司就会亏掉 5 万多元。

伴随着悠扬的乐声，《时空之旅》首演以来最特殊的一场演出开始了。为了八十一名观众，舞台上的演员依然有板有眼、一丝不苟。演出没有丝毫的缩水。

观众依然报以掌声，尽管在空旷的剧场里，掌声显得微弱。但是演员听得出来，他们真的是在为演出的精彩而喝彩。

时空之旅公司感受到了巨大的压力。

时空法则第十七条：文化产品生产和销售的原则是向观众负责、向投资人负责、向政府负责。其核心仍然是向观众负责。

销售的起点

此时此刻，郑梅也安静地坐在观众席的一角。

她已经算不清自己是第几次看《时空之旅》了，不过已经能精准地记住观众在场内的鼓掌次数。"掌声最低 150 次，最高 180 次。观众什么时候笑，什么时候发出惊叹，什么时候鼓掌，我们都知道。"

即便在这个困难的夜晚，观众的惊呼和喝彩声也并未减少。郑梅相信，在他们走出剧场的那一刻，仍然会带着满足的心情；在向朋友介绍《时空之旅》的时候，他们仍然会充满溢美之词。

"《时空之旅》是按照观众的口味、市场的需求，将艺术通过商业包装推出来的。"郑梅坚信，《时空之旅》的节目质量已经达到了国内的超一流水平，即便拿到国际上竞争也不会逊色。

偌大的环形剧场里，时空之旅公司的人数都快赶上观众的人数了。郑梅环视这些年轻的面孔，甚至可以通过他们的眼神读出他们的所思所想。

时空之旅公司的筹备几乎与这台剧目同时展开。为了避免公司血缘上的复杂性，也为了保证对三个投资方同样公平，公司的几乎所有员工都是新招聘而来的。他们当中不乏上海旅游、文化产业经营的好手，也有刚毕业不久的大学生，还有郑梅多年来的老部下、老同事。

郑梅甚至记得当初说服他们参与创建《时空之旅》时的话："参与创业无疑要承受巨大的精神压力和身体上的辛苦，但是《时空之旅》会改变你们的人生，改变中国杂技乃至整个文化产业的面貌。"

言犹在耳，可是，票房的急剧下落已经在团队中滋生了一些恐慌的情绪。就像以前无数次失败的"天天演"那样,《时空之旅》也走到生死存亡的关头了吗?如果《时空之旅》真的失败,那么这一次的"殉葬品"实在过于奢侈。首先是三个投资方总计3 000万元的资金,其次是义无反顾投入杂技营销的这批年轻人的前途未来。当然,还有他们好不容易燃起的对于中国文化产业的希望。

面对疑虑,见惯风雨的郑梅始终信念坚定。现在的问题是,如何把这种信念传递给团队中的每一个年轻人。

呼啸的声音打断了思绪。舞台上,八辆摩托正在铁球中飞舞。在观众的惊呼中,摩托骑士似乎随时都会车毁人亡。可是郑梅知道,每辆车都按照一定的速度和轨迹互相穿行,只要配合默契,车辆之间绝对不会有交集。

初次观看演出的人在这个关头可能没注意,在摩托车马达的呼啸中,始终存在一个嘹亮的哨声。正是在哨声的指引下,每位骑士都能各司其位。

《时空之旅》的营销就像舞台中心飞驰的摩托,声势浩大又纷繁芜杂。现在,哨子已经交到郑梅手中,关键是寻找合适的节奏吹响它,让营销进入良性循环的轨道。

舞台的灯光转为明亮,骑士们一字排开,骄傲地迎接观众的掌声。又是一次熟悉的全场观众起立鼓掌,尽管只有81位。

面对如此精彩的表演,郑梅觉得心情也跟着灯光渐渐敞亮了。

时空法则第十八条:充分认识文化产品的商品属性,避免重生产、轻销售的倾向。

开门迎客

第七章

《时空之旅》要想走出暂时的困境，关键在于如何贯彻时空之旅公司从成立之初就制定的一系列营销方案。

《时空之旅》的观众群主要定位于两大板块，一是境内外游客；二是商务客人，包括宾馆、会展客户，各类团体和市民散客。

商务客人大部分是自己掏钱购票入场，外国客人一般会选择中高档票价的座位，中国人招待商务客户也会聊尽地主之谊，买比较贵的票，而且全部是现金交易。这部分客源对于《时空之旅》来说利润丰厚，从商业角度来看是最优质的顾客。旅游客人则不然，他们是由旅行社集结带到剧场来的，团体票价被压至极低。《时空之旅》开门迎客，如果计算每场七万多元的成本，旅游客人可以说是来一个赔一个。对于剧场来说，旅游渠道唯一的好处就是积聚人气，保证上座率。

因此，时空之旅公司制定的销售战略是商务赚利润、旅游保人气。随着《时空之旅》知名度的不断上升，逐步提高商务客源的比例已经成为营销活动的重中之重。

这几年跑市场，郑梅和许多旅行社结成了亲密的商业伙伴关系，《时空之旅》前期的成功也离不开这些旅行社的推波助澜。然而，正是因为过度依赖旅游客源，才导致了国内许多优秀文艺演出项目的半路夭折。

从源头寻找客源

说来话长，这个问题还得从我国旅游业发展的状况谈起。

旅游业在国内属于新兴行业。它的发展脉络分明，那就是发轫于改革开放,发展于经济腾飞时期,从无到有、从小到大,目前已经具备相当的产业规模。而且,在可以预计的将来,它还会迎来更大的发展,对周边行业形成更强的压迫力。

1978 年以前,我国只有两家以政治接待为主的旅行社——中国国际旅行社和中国旅行社。1980 年,中国青年旅行社成立,开始了旅行社的行业垄断经营的局面。直到 1984 年国家旅游局将旅游外联权下放,1988 年全国旅行社的数量就一下子猛增到 1 573 家,才彻底打破了行业垄断的局面。

打破垄断当然带来了行业的进一步繁荣。旅行社诱人的发展前景被越来越多的人认识到。当时这个行业进入壁垒低,市场又处于供不应求的状态,竞争还不太激烈。加上旅游法律法规不够完善,可以钻的空子比较多,大大小小的旅行社利润空间都比较高。于是受其高额利润的诱惑,全国各地掀起了一股"全民办旅行社"的热潮,旅行社成为投资的热点。

然而,无序发展终究有一天会走到尽头。到了 2001 年,全国旅行社已经超过了 10 000 家(国际旅行社 1 319 家,国内旅行社 9 397 家),逐步迈入饱和的临界点。

旅游市场竞争也日益激烈,为了争夺市场份额,大家都把降价作为争夺客源的主要手段甚至是唯一手段。一些旅行社以低价格吸引旅游者和打击竞争对手,它的对手则用更低的价格为手段进行反击。如今在旅游行业中,无论国内旅游还是国际旅游,削价竞争的现象都非常普遍,甚至出现了"零团费"、"负团费"。

应该说,这不是旅游行业独有的现象,它或多或少地存在于我国社会主义市场经济的许多行业,只不过旅行社竞争的惨烈更胜其他。2002 年,从来领风气之先的上海开了一个坏头：上海旅游市场突然刮起了强劲的"海南双飞"降价风。自12月中旬以后，价格连破1 600元、1 500元、1 400元大关，后来甚至跌破了1 300元的行业公认最底线。要知道，一张去海南的单程机票就要1 520元。引发这一价格大战的原因是淡季客源急剧下降，航空公司为了保住市场份额，加大了市场促销力度。上海一些有实力的旅行社利用"包机"的特殊政策，以最低的"包机价"拿下机票，同时与海南的饭店、车队、景点、旅行社达成一致协议，各方让利，从而导致了这一轮空前的"低价"战。客观上，这也促生了当年的海南旅游热潮。

这个例子告诉我们，旅行社的低价竞争，从来就不仅仅关系到旅行社自身的利益，还会大大影响周边产业，甚至决定这些相关产业的兴衰。不知道是该高兴还是该遗憾，国内文艺演出市场也在某种程度上被这种力量所左右着。

2006年5月，武汉某旅行社一口气推出了4条双飞低价游线路，引得游客趋之若鹜，沉重打击了行业对手。为了抢回失去的市场，国内几大航空公司迅速和武汉其他出境社结成"同盟"，武汉旅游市场的价格战由此开打。6月初，"肇事"的旅行社再次打出降价牌：桂林、张家界、华东五市等双飞游线路降幅达到400多元，沈阳、大连双飞游更是降价千元。竞争对手不甘示弱，再次把几条出游线路的报价，降到比它还低十几元甚至上百元的程度。

这起事件标志着中国旅行社正式进入"微利"、"负利"的时代。但事实上，2000年全国旅行社的平均利润率已经不到3％，到2002年出现了全行业亏损的现象。只是此前，还没有哪家旅行社明目张胆的"赔钱赚吆喝"。

你也许会说，旅行社贴钱组团，消费者不就获得了更多利益了吗？情况当然不是这样。

所有企业的健康发展都要保持一定的利润率。否则,最终受到戕害的还是消费者。

无良旅行社最早使用的方法就是在价格上做文章。例如以半包价、小包价冒充全包价来吸引消费者。当消费者自认为选择了一条物美价廉的线路时,接踵而来的是二次交费、三次交费。到了景点门口,门票要额外收费。如果你不进去,就把你一个人丢在车上几个小时;如果买票进入景点了,那算是请君入瓮,里面等待的是二道山门、三道山门的门票收费,还有数不胜数的消费陷阱。

这种手段虽然够狠,却也不是那么高明。一来二去,游客都多长了个心眼,交团费之前就会先问清楚,里面究竟包含了哪些项目。细心的游客甚至做好了关于景点的功课,让导游无机可乘。客观地说,这种带有欺骗性质的手段近几年已经在慢慢减少。

取而代之的是"先降价,后降服务"的方法,降低餐饮标准、减少旅游景点、压缩旅游时间、增加购物次数,有些有实力的旅行社还可以在包机中有一定的利润,而小旅行社只能主要靠购物了。于是,旅客被领着一天走三四个购物景点。为了增加回扣,导游和司机把一天中的最佳时间用在了跑购物点上,正规的景点反而只是走马观花地大致看一遍。

这种遭遇一定很多人都有过,但多数时候游客只能自认倒霉。毕竟,消费者维权的成本并不低。中国人也善于原谅,尤其是在旅游的时候,总不想让争执破坏了心情。

可是,重复的谎言会带来越来越深的警觉。想凭着"一招鲜"吃遍天下的小旅行社发觉日子越来越难过。竞争还在继续,他们不得不把关注点从游客逐渐转移到其他方面。例如,向"景点"要利润,或靠各种回扣和人头费来抵充利润率。

旅行社赚钱策略的改变导致了相关行业更深层次的变化。首当其冲受到影响的是各旅游风景点。除了在历史教科书上挂号的名山大川,不那么知名的中小景点开始巴结"导游",心甘情愿地被剥削。当然,最后羊毛还是出在羊身上。

要说受到最深切影响的,还数各地的文艺演出项目。不少演出创立之初就本着"地方特色、旅游经济"的宗旨。要吸引外地外国游客来光顾吸引力并不强的表演,挨旅行社的"温柔一刀"自然是分内之事了。

更有甚者,有些低劣的演出团体主动和缺德的旅行社勾结,每天把一次性的欺骗游客作为自己的利润增长点,能骗多少是多少,骗到几时算几时。这基本上算是违法违规,就不在本书的讨论之列了。

在旅行社的强势压制下,一贯弱小的中国文艺演出团体步履维艰、进退维谷。举个简单的例子,某地杂技团新推出一台杂技晚会,定位于面向外地游客的"天天演"。演出票价是人民币100元。为了推广剧目,演出单位和几大旅行社签订了互助合同,每天由旅行社向游客推荐该剧目,并且把客人带到剧场来,保障了剧目的上座率。然而,让外地游客花费100元观看一场并不了解的演出,对导游而言几乎是不可能完成的任务。因此,开给游客的票价要大大低于门票售价,仅为20元。

这20元杂技团是不可能全部拿到的,通常旅行社或者导游会拿走一半。也就是说,价值100元的节目卖给游客,杂技团最终只能收获10元。

演出单位这时候何去何从?归纳起来,通常的办法有三类:曰同流合污类、曰慷慨就义类、曰曲线求生类。

一些小剧团无奈只得与无良旅行社同流合污，主观上缩减演员、降低报酬、变卖道具、减少节目数量，大大降低了演出质量；另一些剧场还抱着保证节目质量的信念，只是收益太少，连演员的基本酬劳都常常难以保障，更不用说在节目编排上突破创新和引进全新的服装、道具了。结果，首演很棒的一台节目经过连续几个月的天天演，质量每况愈下。最终，演出的商品价值真的跌落到每人次10块钱以下，剧团终于实现了收支平衡。但是，观众看了这样的节目，走出剧场的时候到底做何感想，不难揣测。

当然，即便在物欲横流的社会，也有一批艺术工作者能不为五斗米折腰，始终坚持艺术信念。在旅行社海量低价客源的吸引下，他们始终不为所动，坚信自己生产的艺术产品的价值。不过，缺乏营销能力的支持，艺术表演注定只能是昙花一现。还有一些团体，本身没有太高的艺术追求，节目质量太差，连旅行社都看不上。这种演出也只能接受"慷慨就义"的命运。

那么，有没有可能既招徕旅行社客源，又不降低质量，还让演出持续的天天演下去呢？

你别说，还真的有。其中的代表剧目是杭州宋城集团的《宋城千古情》。

2006年，我因为工作的关系去杭州拜访宋城的董事长黄巧灵，晚上就观看了这场演出。客观地说，无论是演员表演、舞台布景、服装道具，还是多媒体声光电的运用，该演出在国内都可以跻身一流标准。最让我惊讶的是，这样一台精彩的演出，观众当时只要花10块钱就可以欣赏。

每年有200万游客争相观看，平均每天两场，到节假日的时候每天加演两场。我相信黄巧灵所言《宋城千古情》的高上座率所言不虚，可能大部分观众和我一样只是抱着试看的心态，结果演出就给了人们惊喜。然而，《宋城千古情》的模式是否值得全国其他文化单位学习？我看大有商榷的必要。

黄巧灵是中国企业家圈子里少有的"闲人"。他一直关注休闲旅游产业，而且试图把文化的理念融入其中。《宋城千古情》的导演就是黄巧灵，演员如何走场备位，舞台上要呈现什么样的效果，都由黄巧灵本人根据他对于艺术的理解而决定。

前几年，黄巧灵因为在杭州建造了一座完全模仿美国白宫的建筑，被外国媒体称为"中国最奢侈的企业家"。担上这样的骂名，他其实有点冤枉。因为"白宫"只是他满足个人创意的一件作品，倒不是奢侈生活的需要。而且，黄巧灵的白宫也是他精心设计的景点之一，其商业价值在于吸引更多的旅游观光客人。

理解了他的想法，我们也就不难理解《宋城千古情》存在的理由。首先是满足黄巧灵创作的愿望，他有即使赔钱也要坚持做下去的觉悟；其次，《宋城千古情》依托的是宋城这个人造的旅游景区，是后者的文化名片，在收益上也是直接挂钩的。《宋城千古情》赔一点，可是宋城赚了，宋城周边的商品房赚了，黄巧灵便可失之桑榆收之东隅。

依托着财大气粗的宋城集团，黄巧灵可以说是彻底摆脱了旅行社的制约。可是，像《宋城千古情》这种运营模式的节目，全国又能有几台呢？

时空法则第十九条：对旅游客源的过度依赖实际上凸显了中国文化产品在营销上的缺失。没有营销，文化产品就始终不能依靠自己的双腿行走。

千山万水　千言万语

明白了演出单位和旅行社爱恨交集的关系，我们也就不难想象郑梅面对的压力。《时空之旅》从存在之初就完全脱离了母体，必须独立完成造血的机能。机能运作不力，渠道不畅，可以依赖的人还是唯有自己。

商务、旅游、网络齐头并举的策略没有错，郑梅毅然否决了旅游客源一家独大的建议。她始终坚信，《时空之旅》票房的状况不好，还是"知道的人太少了"。

因为票房低迷，时空之旅公司团队的状态也有逐渐低迷的趋势。团队中年轻人比较多，郑梅就用实干精神鼓励他们。"四星级以上的宾馆，我们基本全铺到了，三星级以上的宾馆，我们也铺了近100家。其实这些都是我们很重要的营销通道。"郑梅说，"你们目前还非常艰苦，就像是两个人在扛水，或者说一个人在挑水，把水从宾馆挑到我们马戏城。如果我们每个渠道都培育好了，那就像我们接通了水管子，水就会源源不断地流下来。"

上海每天有那么多海外的商务客人和旅游客人，上海有那么多的外资企业，上海有那么多的白领，上海附近还有整个长三角的客源。"我感到我对上海有信心。"即使没有旅行社带来的游客，上海的商务人群也足够优秀的文化演出节目"吃饱"，关键在于，怎样打开营销的新局面。

郑梅将《时空之旅》的营销思路总结为一句话：要做到千山万水，千言万语，才能达到千千万万的营销效果。"因为我们投资方投资了三千万，董事会对我和经营团队是下死命令了，你要怎么怎么做，你要达到什么什么目标。我对我们下面的团队，也是完全下了死命令，非得要这样做，不成功便成仁,否则是无法达到这种理想境界的。"

时空之旅公司如果立足于"坐商"是不行的,营销团队只在上海地区行走是不够的。要吸引来上海的商务人群,工作一定要做到他们来上海之前。而开拓这种客户资源,基本上是无法依赖旅行社的。

《时空之旅》的营销活动要走出去,郑梅又一次走在了最前面。2005 年 11 月 25 日,在《时空之旅》最困难的时刻,郑梅带队奔赴昆明,参加一年一度的中国旅游交易会。

昆明旅交会现场

那是第七届中国旅游交易会,此前的六届中,四届在上海举办。郑梅了解它在国内外的影响力,已经可以称得上亚洲地区规模最大、专业性和国际化程度较高的全球性旅游盛会。

台湾观光协会组织了台湾地区 43 家参展商 200 多人首次参展;加拿大组织了包括省、市旅游局、旅行社及航空公司等 32 家参展商参加;就连中国游客一直不怎么关注的非洲,都有 10 个国家前来参展。一些当时尚未对中国公民开放的旅游目的地国家,如欧洲的乌克兰、圣马力诺,美洲的巴哈马、美国,以及大洋洲的一些国家也提前向中国抛来绣球。

"大长今"成为了韩国展团促销的主打牌;香港展台前,游人忙着与展板上的"成龙"合影;"非常新加坡,三天也不够"的宣传语令人心动;一身爱尔兰装扮的民族艺人令人驻足，他们吹响了爱尔兰风笛；加拿大旅游局将"皇家警察"也请到了展台前站岗；东欧四国更是联手打出了"东欧四重奏"的响亮口号；肯尼亚与坦桑尼亚则联合开展促销。

面对老外们的热情吆喝，国内旅游、文化单位也是使尽浑身解数。他们以城市为单位，展示最能体现时代风貌的城市名片，力求使来访的 7 万多人在展台前多停留一刻。北京以"奥运吉祥物——福娃"主推奥运旅游概念，陕西送上"梦回大唐"的历史文化游，台湾带来原住民族舞蹈表演。而在上海展区，多媒体梦幻剧《时空之旅》则是主打项目。

上海是上一届中国旅游交易会的东道主，这一次自然也要拿出最过硬的产品和最有力的宣传攻势。不仅上海市副市长和政府副秘书长轮番为《时空之旅》加油鼓劲，上海旅游形象大使的特别登台，也为《时空之旅》增色不少。

不过，郑梅无心过问展会上的靓丽风景，她在意的是 7 万多参展者中 4 万的专业访客。旅游商家国内的就有 1 975 家，而海外的则达到了 1 125 家，他们来自世界各地，全部是旅游的业内人士。公众访客来观看展览，只需要交纳 5 元门票费，而每一个专业访客都是要向组委会交纳 500 元的费用才能办理参展证件的。这 500 块谁都不愿意白花。因此，在吆喝自己旅游产品的同时，每个人都盯着其他展台有潜力的旅游产品，努力寻求机会与之联动甚至引进。

拿着《时空之旅》的宣传材料，郑梅几乎是一个个展台走过去，诚恳邀请同行们花点时间了解一下上海推出的这个全新的文化产品。郑梅最关注的是那些海外专业"旅游买家"的态度。这次旅游交易会共有 1 186 名海外买家前来洽谈业务，过去举办旅交会，海外买家全部是发邀请函请来的，而本次却有 400 余名是网上登记自费报名，海外买家进入中国旅游市场"淘金"

进入了全新的阶段。对郑梅来说,他们无疑是文化产品销售环节最关键的节点,每一个人都有可能带来成百上千的优质客人。

郑梅对同事说:"好的艺术产品一定会有观众的。

上海市副市长唐登杰与时空之旅公司总经理郑梅在昆明旅交会上

在观众和好的艺术品之间架起桥梁,是我们的责任。"

通过面对面的交流,国旅总社,以及南非、新加坡、美国、加拿大等地的旅行社都对《时空之旅》表示了极大的兴趣,还有一家美国最大的游船 Victoria Cruises 也表示了合作意向。更多的海外买家询问了上海马戏城的地址,留下了时空之旅公司的联系方式。他们表示,下次去上海一定要亲身感受一下《时空之旅》的独特中国魅力。在此后的几个月里,他们中的二十多位商家来上海实践了自己的诺言。

这些海外买家不仅是成功的商人,更是强势的传播者。他们造成的人际传播、口口传播效果,在今后不断给《时空之旅》带来巨大的惊喜,这种影响甚至一直持续到今天。

昆明旅游交易会上,郑梅笑逐颜开、自信满满,她给客户传递的信息是:无论你来自地球的哪个角落,只要你来上海,《时空之旅》都是一出不容错过的精彩大戏。人们不知道的是,为了节约成本,郑梅在昆明的那几天是和三

位女同事挤在一间宾馆客房里的。

在郑梅的感召下,时空之旅公司年轻的营销队伍四面出击。在巨大的压力之下,他们不再疑惑。逆境锻炼了这个团队的凝聚力和战斗力,在未来《时空之旅》发展的道路上,他们中的许多人走上了管理者的岗位。

时任上海市市府副秘书长姚明宝与时空之旅公司总经理郑梅在昆明旅交会上

而此时的上海马戏城,演员正对着空空荡荡的观众席等待转机的到来。

时空法则第二十条:文化产品的创造或许是一个人的事情,但是文化产品的经营从来不可能是一个人的事情。善于和产品销售的方方面面打交道,又始终掌握主动权,这才是一个经营者该有的态度。

意外的观众

一出经典的大戏少不了跌宕起伏的精彩桥段,《时空之旅》的营销之路也是如此。这里面有几处关键的节点,比如2005年5月26日的新闻发布会,9 月 27 日的全球首演。还有一个日子注定也不平凡,那就是 2005 年 11 月 28 日,《时空之旅》在那个夜晚成为娱乐圈关注的焦点,而一切都因为一位特殊的观众。

《时空之旅》的表演在每天晚上七点半开始,可是那一天下午五点,平静的演出准备工作就被四位身材高大、神情严肃的黑衣人打破了。四人不仅将《时空之旅》表演场地的进出口全部打探清楚,还把周围的地形全部摸透,并且将唯一的贵宾包房内所有的饮料食品撤走,换上了从美国空运来的水和饮料。

是谁这么大派头? 不知情的时空之旅公司的工作人员窃窃私语。消息在人群中迅速传递,原来,是正在上海进行外景拍摄的《碟中谍 3》剧组要来观赏《时空之旅》,而做出这一决定的人竟然是主演汤姆·克鲁斯。

时间回溯到一天以前,一位壮实的美国男子到上海马戏城购票,他一下子购买了 20 多张 580 元座位的票子,说是闻讯想观赏《时空之旅》,当时他并未透露是哪方面的客人要来。他的要求很特殊:前三排不能有观众入座。在工作人员的再三追问下,他也不愿松口,只说来访者是“一位全球50%的人都知晓的人物”。

中午时分,时空之旅公司方面才得知,此人就是正在拍摄《碟中谍 3》的好莱坞大牌明星汤姆·克鲁斯的保镖,而即将到来的这一行人中将包括汤姆·克鲁斯和他那位“身怀六甲”的女友凯蒂。

处于低谷中的《时空之旅》从未料到,自己会与娱乐风暴中心的汤姆·克鲁斯扯上这么一段关系。

白天的拍摄工作终于结束了,汤姆·克鲁斯会怎样安排夜间的休闲时光呢？全上海的媒体都抱着疑问四处打探。据悉，某品牌向他发出了价值几百万元的通告，阿汤哥只要在当晚的活动中露个脸，就可以轻松收入不菲的一笔。没想到，汤姆·克鲁斯想都没想就直接拒绝了。

正当媒体为阿汤哥的行踪发愁的时候，上海马戏城传来消息，原来汤姆·克鲁斯和未婚妻晚间的安排竟然是去观看一场中国的杂技。

是谁传出这个消息的如今已不可考，比较可信的说法主要有以下三种：一、时空之旅公司抓住难得的机遇大搞名人效应。如果属实，这无疑是一次妙手偶得的成功营销。二、知情人猜测得知。上海的文化圈子并不大，如此架势的购票者和神秘的清理现场，不难让人联想到正在上海逗留的好莱坞明星。三、《碟中谍》制作方故意放出消息。影片公映前要始终保持公众的关注度，最好的方式就是炒作明星八卦。如此说来，这种猜测倒也不完全是空穴来风。

总之，从那天下午开始，上海马戏城逐渐成为娱乐圈的焦点，越来越多的记者赶来驻守，"内部消息"也源源不断地传来。据说，汤姆·克鲁斯得知《时空之旅》剧目是因为一位好朋友的极力推荐。他一下就买了20多张VIP票，不仅带上女友，还邀请《碟中谍3》剧组的所有演员都来观看《时空之旅》。知情者介绍："阿汤哥是位动作演员，而中国杂技在国际上有着很好的口碑，阿汤哥此次观看表演也是想看看真实的高难度动作，这对于他的电影表演绝对有帮助。"

华灯初上，距离演出开始只有半个小时了。等待的人群渐渐开始焦急，担心汤姆·克鲁斯和几天前一样金蝉脱壳。这时候，唯一掌握阿汤哥行程的只有马戏城的保安了，部分记者在马戏城地下停车库入口处等待，和保安有说有笑。

　　19:19，保安接到消息，说阿汤哥的车已到了马戏城门口，记者们涌向门口，抢占有利地形。19:21，两辆深蓝色商务车停在剧场入口处，下车的是阿汤哥的朋友和 Maggie Q。19:22，由于阿汤哥乘坐的商务车车身过高，无法开进停车场，只能从入口处步行至剧场贵宾入口。

　　记者们自然不愿放弃这样的机会，一路跟随汤姆·克鲁斯并且让手中的闪光灯此起彼伏。保镖的脸色马上不太好看了，向马戏城有关工作人员发话："不是说好了，任何人也不透露，怎么会有这么多记者？""记者消息灵通，我们有什么办法呀！"

　　好在汤姆·克鲁斯早已习惯了这种关注，依然用招牌式的微笑面对四面八方的闪光灯。

　　与此同时，其他几位保镖也没闲着。五个黑人都是西装光头打扮，还有一位白人。每个人都配有微型对讲机，时刻用英文保持联系。阿汤哥入场以后，四个保镖分别守在 VIP 专区的四个入口处，其中有位黑人保镖身高近两米，在人群中显得格外引人注目。当其他观众走向 VIP 入口时，这位保镖居然用中文有礼貌地问道："请问你们去哪里？"对方出示门票后，保镖才予以放行。

　　晚上 19:25 左右，阿汤哥一行二十多人缓缓进入了贵宾区，现场的观众顿时沸腾了，在买票的时候，他们谁也不知道今天会与一位明星碰面。汤姆·克鲁斯满面笑容，还拉着已有身孕的女友凯蒂向观众挥手致意。

　　牵着凯蒂的手，阿汤哥入座第三排中间的位置。19:30，《时空之旅》的表演准时开始了。在剧组其他人都放松地观看表演时，汤姆·克鲁斯最早进入观者的情境，看得津津有味、全神贯注。

　　在荧幕上，汤姆·克鲁斯塑造最多的形象是机智、勇敢、无所不能的硬汉，可是在《时空之旅》的剧场，他完全成了一个痴迷的观众。或许是白天挥汗如雨的拍摄让他更能体会杂技演员每一个动作的高难度，他的兴奋之情贯穿始终。刚开始，对中国民间杂技还有些陌生的阿汤哥对着这中式体操还需愣上一会儿才会兴奋地鼓掌，可越看越来劲的他逐渐开始"失态"，时而高声欢呼，时而摇头晃脑，将手高举过头鼓掌。在看到踢碗、顶缸这类民间绝技表演后，阿汤哥可能开始惭愧自己那些动作替身的所谓特技，频频举手向演员表示敬意，看到跳板表演的高潮处，阿汤哥则一直伸长着脖子，张大了嘴，完全投入到中国传统杂技的精妙中。在看到结合声、光、电、影等多种表现形式的柔术时，阿汤哥带头鼓掌，还连声低呼"FANTAS-TIC！"

精彩的节目令人目不暇接，转眼就到了中场休息的时候。汤姆·克鲁斯显然心情大好，起身向到场所有观众问好，前后招手还热情微笑着点头示意后，这才拉着女友的手来到休息室。

本来这只是一次私人行程，汤姆·克鲁斯却破例在休息室接受了媒体的访问。"我朋友前两天看了演出，回去后很兴奋地向我推荐，说中国的这台杂技非常棒，让我一定要来看。"看了之后才发现，《时空之旅》远远超出了他的期待。

汤姆·克鲁斯与艾瑞克、张丽清在贵宾休息室交谈

半场表演以后，阿汤哥已经成为《时空之旅》完全的拥趸，他想看看《时空之旅》还能带来怎样的惊喜。

随着直径 7 米，重达 6.5 吨的铁球在舞台中心落位，《时空之旅》的压轴大戏"时空穿梭"就要开演了。所谓的"穿梭"，指的是杂技演员骑着摩托在空心的铁球内高速骑行。速度不断加快，离心力逐渐增大，在场外观众看来，摩托车仿佛完全摆脱了地球的吸引力，在铁球狭小的空间内飞行。

这种杂技表演源于 20 世纪初美国兴起的极限运动，爱好者骑着摩托车在管壁上飞驰。或许是太过惊心动魄，这项表演从此有了一个惊悚的名字——"死亡之墙"。1920 年，"死亡之墙"同样在英国刮起了一股旋风。可惜好景不长，能够将摩托车在管壁上开到飞起来的人越来越少。

对于摩托车，汤姆·克鲁斯十分熟悉。《碟中谍 2》中，吴宇森曾经安排过一段飞车追逐的惊险桥段。阿汤哥在特技的帮助下，将飙车的绝技发挥得淋漓尽致。

这些穿着像秦俑一样的中国杂技演员又能有怎样的突破呢？

看来中国摩托车手并不打算走管壁飞车的老路。后场一声哨响，第一位车手钻进铁球。因为铁球的开口实在太小，一个人和一辆摩托车只能说是勉强挤入。

车手发动摩托，在隆隆声中，摩托车顺着铁球的弧面逐渐离开地面，快得就像铁球里环绕的一道光圈。

等到摩托车在球的腰面保持一种高速稳定的平衡，哨声又响了，第二辆摩托车遵循声音的指示入球。两辆摩托炫目的大灯划出两道呈十字的光圈。当然，这光圈是永远都不会相交的。一旦相交，可能就是车毁人亡的结果。

哨声又响了,第三辆车冲入炫目的光影中,观众已经开始眼花缭乱,收摄心神仔细观察,才发现三辆摩托车中的两辆平行运转,不同的是一辆划大圈,另一辆划小圈。而第三辆摩托车与其余两辆同时十字交错行驶。

观众已经忘记鼓掌,瞪大眼睛盯紧舞台,生怕演员有丝毫的差错。

可是这还不算完,哨声不断响起,一辆辆摩托车先后加入"战团"。铁球仿佛变身舞厅的霓虹灯,不断将摩托车的灯光四处投射到观众席上。

细心的观众开始计算,铁球中一共有一辆、两辆、三辆……总共八辆摩托车!他们以不可思议的舞步互相纠结,又在相互触碰前的一瞬间避让开去,真的神乎其技。

此时的汤姆·克鲁斯早已忘记好莱坞明星的身份,和兴奋的观众一起为演员喝彩、鼓掌、吹口哨。而他身边的凯蒂,紧张地手掩嘴巴,说不出话来。

短短600秒的"时空穿梭"结束了。可是,阿汤哥沉浸在这一趟惊险的"时空之旅"中久久不能平静。两个小时的演出结束后,演员们出场谢幕。

此时的阿汤哥站起身来,双手举过头,热情地鼓起掌来。掌声经久不息,场上的演员已按捺不住激动的心情,一齐邀请阿汤哥上台来。

这时,汤姆·克鲁斯拉着凯蒂走向

汤姆·克鲁斯在演出结束后与热情的影迷签名留念

舞台，一下子便被演员和观众围成了一团，大家争相和他拍照。他连连竖起大拇指，称赞《时空之旅》"真是太精彩、太不可思议了"。汤姆·克鲁斯说，上海是一个非常美丽的城市，人们都很善良、很热情，他非常喜欢上海，《时空之旅》的表演又是如此出色。酷爱飙车的他，还笑称以后要买一个像《时空之旅》飞车铁球一样的球回家练习飞车。

演出结束后，不少观众希望得到阿汤哥的签名与合影，阿汤哥来者不拒，全部满足了大家的要求。手在签名的时候，他的嘴巴也从未停歇，不知道感叹了多少句

汤姆·克鲁斯兴奋地观看《时空之旅》演出

"不可思议"。签名时还兴奋地和观众交流："你们觉得好看么，真的很棒吧！"面对媒体的询问，汤姆·克鲁斯不吝赞美之词：在上海看到这个节目太棒了，中国已进入一个高速发展的时代，上海马戏城的演员有着国际公认的精湛的杂技技艺，他们将在一个高度现代化、高科技的演出环境中给人们带来感人、神奇、震惊的超凡享受，使我们大家成为演出的参与者而非仅仅是观看者。"它们是全方位的，没有语言的障碍，文化的障碍，一个恰如其分的肢体动作将胜过任何表情……"

因为阿汤哥的逗留，《碟中谍3》剧组的二十多人在《时空之旅》的行程又延后了半个多小时，直到晚上十点多才乘车离去。

第二天,上海各种报纸的娱乐版无一例外刊登了阿汤哥做客马戏城的消息,国外媒体也多有引用和转载。当然,他们关注的焦点还是在汤姆·克鲁斯和凯蒂的亲昵举动以及阿汤哥在休息室照顾朋友的孩子时"父爱泛滥"。不过,《时空之旅》以及精彩节目"时空穿梭"依然占据了这些新闻的显著位置。

　　时空法则第二十一条:口碑传播永远是最有杀伤力的营销,对于文化产品更是这样。我们常常埋怨它缺乏影响力和受众面,事实往往并非如此。

遭遇「神秘人」

第八章

市场营销是一个从量变到质变的过程,市场营销也需要契机和爆发点。

《时空之旅》走过了惨淡的十一月,走出了低谷,从本质上分析,就是因为同时具备了以上两点。

从量变的过程看,尽管《时空之旅》只是一出首演仅仅两个多月的新戏,但是在营销人员营销创新的努力下,无论商务还是旅游客源都积累了比较好的基础。最重要的是,掌握了第一手的客户关系。十一月底的状况不佳与其说是萧条的持续,不如说是新客户的等待期。

突破口首先在专场演出领域打开。12月3日,上海隧道股份有限公司在上海马戏城召开了庆祝创业四十周年的职工文艺汇演。这场演出是《时空之旅》开演以来首个企业专场表演,不仅有正常的全套演出,还为对方提供了专业的活动场地和设施,度身定制的灯光、舞台效果和多媒体背景,创造了独一无二的企业庆典活动模式。

马戏城重金打造的舞台设施远非普通会场或小剧场所能比拟,何况与会者还能看到精彩纷呈的《时空之旅》,庆典大受好评,更有20对新人在所有公司同仁的祝福下走向了神圣的婚姻殿堂。

专场表演模式本来是客源不丰形势下的一种尝试,没想到一举突破了原有的模式,盘活了资源,也丰富了《时空之旅》产品线的构成。

时空之旅公司趁热打铁,紧接着在圣诞节又推出了面向年轻人的Party模式,上海马戏城变身成为了炫目时尚的Party会场,上千人在这里品尝三十多道圣诞大餐,接着再观看《时空之旅》的梦幻表演。其间还穿插抽奖环节,演员和观众共度了一个狂欢之夜。

2月14日,情人节专场开演,在《时空之旅》演出之后举办"爱的誓言"

环节,即经典的浪漫爱情歌曲演唱会,由《时空之旅》专属乐队和歌手现场演奏、演唱历来最动人的情歌金曲,并配合多媒体背景再现经典爱情电影片段,给观众温馨浪漫的视听体验。

总之,通过盘活资源,时空之旅公司给文化产品附加了更大的价值。这样操作还带来一个好处,就是公司可以更主动地调配淡旺季的客户资源,而不是被动等待客来客往。

经过这样的调整,加上商务客源的开拓渐渐收到成效,《时空之旅》的票房逐渐恢复元气。

但如果只是慢慢恢复元气,那么《时空之旅》追求的辉煌可能还要等个一年半载才会到来。这时候就需要一个营销上的契机和爆发点。正逢其时,汤姆·克鲁斯的观演成为把营销火把点燃的机会。

有必要说明一下的是,所谓的"契机"并不是盼着天上掉馅饼的机会主义。实际上,假使《时空之旅》没有当初的强强联合、没有东西方文化的融合、没有首演的火爆,简单说来就是没有产品质量的话,等待营销"契机"的到来只会沦为一句空话。

契机来了,如果没有渠道开发的努力,没有营销的蓄势待发,契机也会悄悄从手边溜走。

现在契机来了。通过《碟中谍3》,西方观众认识的上海恐怕并不那么可爱,可是通过阿汤哥的八卦新闻了解的《时空之旅》无疑是很有吸引力的,因为汤姆·克鲁斯散场的时候还在不住口夸奖着某些精彩的节目。有时候我们常常忽略人际传播的力量。其实,像阿汤哥这样经常站在镁光灯下的人物,他的私下言论,有时候比大众传媒还有效。

事实证明,汤姆·克鲁斯对《时空之旅》的溢美之词绝不仅仅是口头上的奉承话。闲暇的时候,他在好莱坞不遗余力、不计酬劳地担当《时空之旅》未签约的宣传大使。此后,他力荐女星莎朗·斯通来华的时候观赏《时空之旅》,对方果然冒雨前来捧场,又帮《时空之旅》掀起了一轮免费的宣传攻势。莎朗·斯通 2008 年因为对汶川地震大放厥词招致很多中国人的反感,不过观赏《时空之旅》的时候她还是中国人的客人。汤姆·克鲁斯和莎朗·斯通来华观赏的为数可怜的文艺节目就包括《时空之旅》,这给他们营销上带来的积极影响是不可估量的。

经过一段时间的打磨,2006 年初的《时空之旅》已经甩掉了新生儿的稚嫩,摆脱了对母体的依附——从体制上说,这种依附并不存在——具备了数个可以被社会大众简易检索的标签。例如,"好莱坞名人的青睐"、"时尚 Party"、"公司聚会的选择"、"上海必玩的文化景点"等等。《时空之旅》的票房由是发力。

耀眼的 "太阳"

《时空之旅》成功了,这种飞速发展的势头,甚至直逼世界马戏变革的引领者——太阳马戏。

上世纪八十年代早期,加拿大魁北克附近一个叫做拜圣保罗的小镇上,一群衣衫褴褛的演员在街头上四处表演,他们踩着高跷耍把戏、玩音乐、吐火、跳舞。这个街头艺人剧团叫做拜圣保罗高跷表演团。其中吐火的那个人叫做盖·拉里贝特,他后来创立了太阳马戏团,后者用不到 20 年的时间征服了全球。它每年收入 4 亿美元,把拥有 100 多年历史的全球马戏大王玲玲马戏团甩在了后面。2004 年《福布斯》富豪排行榜上，45 岁的太阳马戏首席执行官盖·拉里贝特以 7 亿多美元身家登榜。同年，Inter-brand 进行的品牌影响力调查中，太阳马戏列 22 位，超过麦当劳、微软、大众汽车和迪斯尼。

太阳马戏团的总部坐落于蒙特利尔圣米歇尔昔日的垃圾填满场上，有人因此称呼它为垃圾场上升起的太阳。这当然是语带双关地敲打全球马戏行业的不景气。不过太阳马戏的成功也的确植根于两个彻底的失败——马戏的没落和盖·拉里贝特的失业。

中国传统艺人很多是因为贫困才加入马戏这一行，但盖·拉里贝特却是出生在一个比较富裕的中产阶级家庭。他的父亲是矿业公司的公关经理，母亲是一位护士。他中学时候迷上了表演，疯狂参加学校的各种活动，既拉手风琴，也吹口琴，还喜欢唱歌。16 岁那年，他告诉父母，他决定今后专注于表演，并以此为终生的事业。

大学休学后，盖·拉里贝特开始了在欧洲四处流浪的生活，并且学会了吞火的本领。可是，父母并不喜欢他一直在欧洲做一个街头艺人。1979 年，盖·拉里贝特回到了加拿大，成为一家发电厂的雇员。这份他成年后唯一的"正式工作"只维持了三年，在一次大罢工中，他失业了，随后一直靠领取政府的救济生活。他干脆宣布，不再找工作，并加入拜圣保罗高跷表演团。

在父母看来，盖·拉里贝特无论怎么说都是一个不可救药的人，他从事的也是一个不可救药的事业——如果"街头卖艺"可以被称为事业的话。马戏已经不是一个有吸引力的行业，电影、电视、歌剧、演唱会都是马戏的替代商品。孩子们不再央求父母带他们去看一场有趣的马戏，而是端坐在家中打电子游戏。观众持续流失，马戏团的收入和效益不断下滑。总之，这是一个标准的夕阳产业。

盖·拉里贝特却不这么想，他反过来琢磨这个问题。在夏威夷海滩上看日落时，他突然灵感涌现："太阳代表的是能量和年轻，这正是我认为马戏应该表达的东西。"

1984年，适逢加拿大450周年庆，高跷表演团找到魁北克政府，希望对方投资搞一场"太阳马戏"的表演，渲染节日的气氛。魁北克政府最终拿出160万加元，要求他们13周内到11个小镇演出。在第

太阳马戏团节目

四场演出时，马戏团使用了一种标志性的蓝黄相间大篷。从此，这种大篷成为太阳马戏永远不变的标志。

盖·拉里贝特和他的伙伴只有简单的服装和陈旧的道具，团里没有马戏明星，甚至连动物也没有，可他们却意外获得了巨大的成功。这使得太阳马戏和后来研究他们的人思考：我们一直强调给顾客的最好的那部分，是不是真正打动顾客的东西呢？

那么，太阳马戏为什么会受到观众追捧呢？一言以蔽之，他们从第一场表演开始，就用故事来串联演出。观众不是在看传统的马戏，而是在看一场惊心动魄又恩怨缠绵的精彩表演。用首任艺术总监盖·卡伦的话说就是："太阳马戏的最大秘密就是把演出做得像电影。"

太阳马戏成功的不仅是演出本身。后来的事实也证明，盖·拉里贝

特非但拥有绝佳的创意,也是一个经营方面的天才。"我总是有一个商业目标。我知道要做成事情就必须有纪律。我认为这是我拥有的素质:我能找到商业和创意之间的平衡点,我也能看到创意是如何突破平衡的。"

太阳马戏在创意上沿着刚摸索出来的道路勇往直前,"我们再造了马戏"。它进一步颠覆了人们心中小丑、杂技和驯兽等传统马戏形象。如今的太阳马戏剧目,很难看出和传统意义上的马戏有多少联系,而完全变成了一种充满震撼的视听艺术享受。舞台上,没有什么是不可能的。比如,在黛布拉·布朗参与导演的著名《O》秀中,舞台没有了,变成了一汪碧池。所有演员都从水里冒出来,一架钢琴也从水里出现,演员随即上台演奏。那舞台哪里去了呢?原来被升到了半空中。演员在半空中表演后,又跳到了水里,顿时,水面上燃起熊熊大火。

另一方面,太阳马戏开发了 13 种不同类型的演出作为销售品种,不仅包括巡演、舞台演出、驻演,还有私人游艇甚至 SPA 会所演出。如今,太阳马戏代表这个行当,已经在逐渐调换与"传统娱乐项目"的宾主身份,开始向那些曾经蚕食市场的电影、歌剧、舞蹈等娱乐形式施压。太阳马戏的票价,甚至远远高于许多明星的演唱会。这种绝处求生的创造力,值得我们向它致敬。

因为工作的关系,我时常接触一些中国企业家。在他们的书架上,《蓝海战略》是出现频率很高的一本通俗财经读物。尽管有人批评它的观点不过是对前人的再组合,也有人说结论有点简单粗暴、论证不够行云流水,但是这本书在中国的流行以及造成的巨大影响乃是不争的事实。

　　而太阳马戏的成功,正是启发蓝海战略构想的最重要的商业模型之一。

　　概括地说,蓝海战略的主旨首先提出一个概念:所有的市场空间可以划分为红海和蓝海,红海是现今存在的所有产业,蓝海代表当今还不存在的产业,未知的市场空间。

　　在红海中,产业边界是明晰和确定的,游戏的竞争规则是已知的。身处红海的企业试图表现得超过竞争对手,以攫取已知需求下的更大市场份额。方法无外乎降低价格和提高品质,这就使得红海中的竞争无比惨烈,鲜血淋漓。

　　如果换个角度思考问题,把视线从市场的供给一方移向需求一方,企业会突然发现,一直拼尽全力提高的"品质"或许不是顾客想要的东西。欧美传统马戏包含几个通常业内认为非常必要的吸引观众的元素,像马戏明星、动物表演等等。

　　以红海思路看来,这些元素一旦缺乏,观众就会弃之而去。然而事实上,马戏明星的吸引力早就不能和影视明星相提并论,提不起观众的兴趣;一成不变的动物表演同样陈旧过时。

　　从关注竞争对手的所作所为转向为买方提供价值,太阳马戏直接剔除了传统马戏中观众不感兴趣的部分,从电影、歌剧等相邻行业借鉴来了主题设置、高雅的环境、艺术性的音乐和舞蹈这些要素,从而跳脱竞争、驶入蓝海。

　　与其说蓝海战略为我们提供了新的商业模式,不如说它让我们换个方式总结太阳马戏等企业的不凡成功。正如盖·拉里贝特所言:"我从未上过任何商业培训课程,我曾经沿街卖艺,我只是尽全力维持生计。"太阳马戏不用明星只是因为当初他们没有,不用动物表演也不是顾忌日益高涨的动物保护组织的反对情绪。

《蓝海战略》的作者希望总结出一套放之四海而皆准的商业真理,至少在精神上指引许多管理者做出了突破产业局限的尝试。这样的总结虽然源于马戏产业,但是结论难免高举高打,反而缺乏了几分现实的指导意义。如果我们不那么贪心,就在文化产业的领域内归纳太阳马戏的成功要素,或许能看到更多对于中国文化产业来说可资借鉴的东西。

首先当然是创意。

我们总在强调它,可是最终与它擦肩而过,太阳马戏的创意团队却一直做得很好。在《KA》秀中,舞台上的巨型机械完全改变了"舞台是平的"这一固有模式。舞台被机械手操纵,忽而是悬空前行的海上帆船甲板,忽而像笔直的悬崖峭壁,忽而又像斜线的山坡。舞台上空与地下连接起码有几十米,一个演员从"悬崖"落下去,在观众看来,他仿佛坠入了深不可测的峡谷。

观众永远都不知道下一秒钟会看到什么,这种惊喜正是许多文化项目的灵魂所

太阳马戏团节目

在。太阳马戏告诉我们：创意产生的前提是决不妥协，不满足于对前人或者自己的重复；创意的根基是勇气，愿意尝试新事物并且勇敢地和你的观众分享这些经验。

至于创意的方向，我们喜欢冥思苦想，最后往往脑袋空空一无所得。其实我们想创造的东西，很多时候已经存在了，你所要做的只是把不属于自己的东西去掉就好。所以最好的创意不应闭门造车，而应四处走走看看，看哪些东西如何改造后可以用得上。

其次是激情。盖·拉里贝特的经历告诉我们，激情对于太阳马戏是如此重要。问题是，怎样找到一支富有激情的团队？让我们来看看太阳马戏的演员筛选吧。太阳团的许多演员都曾经是优秀的体操选手，有些甚至冲击过奥运奖牌。他们来到太阳马戏，接受的第一个考验是爬上绳子，然后在绳子的顶端唱一首歌。

不管歌声是否动听，只有勇敢爬上最高处引吭高歌的人，才会被太阳马戏留下来。

想展翅探索这个世界，就得抛开矜持，别再想扭捏地保持形象。你得愿意踏出熟悉的领域，跨越到自己划定的能力范围外。这就是太阳马戏需要的演员。

通过最简单的方式寻找愿意突破自我的人，然后用不断的创意为他们提供探索的机会。太阳马戏团的激情就是这样获得的。

接下来是独立性。

是否能坚持独立事关文化项目的生死存亡，人们却往往视而不见。太阳马戏的初期发展阶段，哥伦比亚公司曾经向拉里贝特抛出过橄榄枝，邀请太阳马戏团成为公司的一部分，这是一个巨大的诱惑。哥伦比亚影业公司还为此举办了盛大的欢迎宴会。在那个宴会上，盖·拉里贝特独自坐在一旁看着周围星光熠熠的明星们，意兴阑珊。他偷偷地跑出去，直接打电话叫来自己的律师说："不管你怎么做，你要把我从这个该死的合作里弄出去！"结果，一桩已成定案的合作就这样无疾而终。

2001 年，盖·拉里贝特购买了他的商业合伙人手上的全部股票，因而获得了 95％的股票所有权。太阳马戏团几乎成为他一个人的马戏团。

盖·拉里贝特看得很清楚，他不要成为另一种强势媒体或资本的附庸，他要保持艺术形态的独立性。说到这里，读者朋友们应该已经可以理解，太阳马戏的编导和《时空之旅》合作初期，为什么会走过一段那样艰难的谈判。

既要争取最大的支持，又要游离于资本的控制之外，保持艺术的独立性。这不仅需要勇气，还要有大智慧。太阳马戏努力保持独立性对于现阶段中国文化产业的脱困尤其具有意义。

最后是资源整合的能力。对于任何谋求发展的企业而言，整合资源本来是不待多言的必要之义。然而文化项目往往切口小起点低，资源整合的先天能力就较弱；加上一些搞文化项目的人流于孤芳自赏，没有能力寻求各种支持，再好的项目也会因此而不了了之。

想想国内的一些年轻而天赋惊人的乐队吧，为什么最后总免不了散伙的厄运？

文化项目的成功还需要一支长于运营的职业经理团队。除非你自己就是盖·拉里贝特这样无师自通的天才，否则，还是去寻找一个擅长做这种事情的人吧，让他为你像太阳马戏团说服魁北克政府一样，游说到第一笔启动资金。

时空法则第二十二条：如果说传统产业期待着寻找下一片蓝海，那么中国文化产业更像是置身未经开发的蓝海之中。我们所要做的唯有壮大自身实力，然后才能去收获成功。

老朋友和新对手

太阳马戏与中国素有渊源。

一点也不奇怪。太阳马戏团就像联合国，拥有各类员工3 000名，分别来自40多个国家，900名艺术家中有200多名中国人。中国、法国、俄罗斯这些马戏大国，为太阳马戏团提供了大量的演出人才。

神秘的中国文化也一直是太阳马戏团吸引西方观众的重要素材。来自中国的故事还曾经在最危急的时刻拯救过太阳马戏团。

1986年，太阳马戏团扩大了演出范围，首次从小镇走到大城市。观众并不了解这种全新的演出形式，组织者也没有找到合适的地点和机会，导致了演出无人问津。当时，他们的赤字累积到了75万美元，太阳马戏团实际上已经破产了。

为了挽救失败的命运，魁北克政府的一位官员向洛杉矶艺术节的负责人汤姆斯·舒马赫大力推荐太阳马戏，后者回答道："我们不会把马戏带到洛杉矶，我们是艺术节。"

但在盛情邀请下，舒马赫还是观看了太阳马戏的演出录像。看完后他的想法产生了变化：或许这正是艺术节需要的新东西。舒马赫直飞魁北克,盖·拉里贝特亲自接机并把他引入蓝黄相间的大篷。篷里正在上演新节目《重新创造马戏》。

这出宛如太阳马戏宣言的节目讲的是一个关于语言的故事:两个婴儿分别降生在中国和比利时,他们说的是同一种语言。但随着社会化的不同进程,他们的语言和行为开始分道扬镳。这出戏希望创造出一种全人类共通的语言。

《重新创造马戏》震撼了舒马赫,随后又在艺术节上震撼了整个洛杉矶。人人都在谈论太阳马戏,哥伦比亚电影公司和华纳迪斯尼的收购合同也接踵而来,太阳马戏团由此开始了耀眼的发展道路。

太阳马戏团还有一段不为人知的有关中国的秘史。

1982 年,一位叫做冯丽丽的女士带着中国马戏团来到蒙特利尔。他们计划演出三个星期,最后却待了两个多月,因为观众太喜欢他们了。观众惊讶于他们的演出音乐从头到尾都是原创的,并且由乐队现场演奏;服装也是专门为演出设计的。

太阳马戏团的首任艺术总监盖·卡伦当时就端坐于台下,那个时候他只是一个街头艺人。他被中国人的表演惊得目瞪口呆:这才是演出!我们不需要马、动物或者其他任何东西,演出可以只是串联在一起的肢体表演。卡伦事后把这次观演列为他人生中与马戏有关的最重要的事件。

我翻遍资料也没有找到这位冯丽丽女士的任何信息,但是她确实是太阳马戏最初创意的滥觞。此后,这种马戏表演形式席卷欧美,然后又来到亚洲,成为中国杂技学习的对象。都说人生的际遇每每出人意表,马戏又何尝不是呢?

正因为与中国的深厚渊源,拉里贝特和卡伦 1986 年就来到了东方。

"从那时起我们就梦想着可以与中国合作,他们的杂技水平高得难以置信。"此后的 1992 年,太阳马戏团开始与中国国际演出市场中的龙头——中国对外演出公司商谈今后可能的合作。

1998 年初,太阳马戏团已经是国际演艺界中的巨头了。它当时拥有三台全球性巡回演出和一台在拉斯维加斯的驻演节目,另外还有两台酝酿中的驻演节目分别将落户于拉斯维加斯和佛罗里达州的迪斯尼。就在这时候,中演公司邀请盖·拉里贝特前往德国考察正在那里演出的山东杂技团。中演公司对这台演出进行了大胆包装,革新了中国杂技的传统表演模式,演出在欧洲引起了巨大的反响。

盖·拉里贝特亲身体验了中国传统杂技的生命力和观众的热烈反馈,他敏锐地察觉到中国杂技已经到了可以打动全球市场的时刻。从德国回到加拿大仅仅两周,他就给中演公司发来一封热情洋溢的传真,希望在 1999 年制作上演一台以中国杂技演员为核心的节目,初步定名为"'马戏'99",这就是后来改名并享誉全球的马戏节目《龙狮》。

从 1998 年的 5 月到 8 月,太阳马戏的创意团队穿梭奔波于中国的济南、沈阳、大连、北京、天津和昆明,挑选了 12 台节目。其规模之大简直是对中国杂技表演艺术的一次全面检阅。最后,他们看中了成都军区战旗杂技团。于是这个杂技团成为了《龙狮》的演出主体,并与太阳马戏团签约 12 年。

斥资 700 多万美元、历时八个月的艰难创作,其中还伴随着外国导演(主创人和总导演正是素有中国情结的盖·卡伦)和中方演员无数次的艰难磨合,到 1999 年 4 月 24 日,《龙狮》终于向世界亮相了。

时任加拿大总理的克里斯蒂安在他的祝词中写到:

"我非常高兴地向太阳马戏团新近上演的《龙狮》致以问候。许多年来,太阳马戏团以其振奋人心的演出成为世界上最著名的马戏剧团。她使全体加拿大人为之感到极大的自豪。这台新演出再次令所有的年轻人和年轻的老人们感到夺目和兴奋。蓝黄相间的演出大蓬将是一个由中国传奇引出的梦幻世界,令观众难以忘怀。我祝愿太阳马戏团的这台激动人心的新演出获得圆满成功!"

《龙狮》也的确如愿成为太阳马戏团最赚钱的演出节目。它的足迹走过加拿大的蒙特利尔、渥太华和多伦多,美国的纽约、华盛顿、芝加哥、亚特兰大、迈阿密、坦帕、休斯敦、达拉斯、新奥尔良、明尼那波利斯、圣路易斯、哈特福德、波士顿、费城、洛杉矶、圣荷塞、旧金山、圣地亚哥、凤凰城、西雅图、萨拉门托和波特兰以及墨西哥的墨西哥城。《龙狮》平均每年演出 400 场,每场有 2 800 名观众。以每场平均上座率为 80% 计算,仅北美地区已有远远超过四百万的观众观看了《龙狮》。

如此声名显赫的《龙狮》究竟有什么内容呢?"龙狮"的名字来源于两个主要元素:代表中国的龙和代表西方的狮。含义再明显不过,龙狮就是不同文化交融的产物。舞台上展示了四大元素:蓝色代表空气、赭色代表土、绿色代表水、红色代表火,与古老的东西方哲学都暗合。

开篇,手持沙漏的时间之子现身,身后的巨钟倒转,时光倒流把观众带到一个混沌初开的不知名所在。身着蓝赭绿红的四色土著人舞蹈登台,正式拉开了演出的序幕。

接着,73 位表演艺术家为观众奉献了一出时长两个半小时的大戏,他们分别来自 19 个国家——其中包括 48 位中国杂技艺术家,占演员总人数的一多半。"龙狮舞"、"单手顶"、"舞中幡"、"女子大跳板"、"双组秋千"、"女子灯上芭蕾"、"蹬伞"、"钻圈"和"阿细跳月—跳绳",传统的中国杂技在精美的布景中显得光怪陆离,令西方观众叹为观止。

演出的尾声,时空之子再现,他翻转沙漏,将观众引回现实。《龙狮》就在这样的创意编排下红遍全球。

2001 年,由哥伦比亚公司耗资 2 000 万美元拍摄的《龙狮》舞台艺术电影片,荣获第 53 届美国电视艾美奖最佳导演、最佳表演、最佳服装设计三项大奖,攀上了舞台艺术的最高峰。

2004 年,《龙狮》登陆欧洲,正式开始了全球巡回演出。英国伦敦的皇家大剧院、音乐艺术之都维也纳、世界花都阿姆斯特丹、文明古城罗马和斗牛士的家乡马德里……《龙狮》所到之处无不掀起观看马戏的浪潮。许多人因为《龙狮》而成为太阳马戏迷,欧美观众甚至在互联网上开设了"龙狮俱乐部"和"龙狮论坛",追捧者如潮。

因为龙狮的奋力舞动,太阳马戏正如日中天,散发出耀眼的光华。而在它升空的过程中,始终都有中国杂技人辛勤的身影。

时空法则第二十三条:没有任何成功可供复制。无论历史或者现实的层面,中西方文化产业的环境都是天差地别。我们可以借鉴成功,但是外延与内核都要打破,做颠覆性的改变。

和国际演艺巨人同行

《时空之旅》前进的脚步不会终止,票房还会被一天天不断刷新。而

文化部文化产业司司长王永章为《时空之旅》授牌"国家文化产业示范基地"

且,只是票房数字还不足以反映它蓬勃的朝气和快速成长的实力。在三年的成长过程中,《时空之旅》斩获的各种奖项不胜枚举。重要的包括"国家文化产业示范基地"、"第二届文化部创新奖"、"第四届中国演出十大盛事'最佳娱乐演出'金奖"、"2006—2007年度国家舞台艺术精品工程十大精品剧目"、"全国文化企业30强"等多个政府奖项。

在那些已经充分发展的产业领域,诞生仅仅三年的后起之秀要想取得如此骄人的成绩是难以想象的。这说明了我国文化产业领域还是一片期待开垦的处女地。市场空间并非没有,而是非常广阔;政策支持不是不足,而是很大。通过《时空之旅》取得的成功,我们甚至能够看到政府相关部门盼望市场机制早日催生成熟文化单位的急切心情。关键在于,企业有没有本事证明自己在文化产业领域真正的实力,还是应了那句老话:"自助者天助"。

谈到这些成绩,时空之旅公司的所有人都很谦虚。毕竟,市场是风云变幻的,如临深渊、如履薄冰才是做好一家企业应有的态度。《时空之旅》因此成功,又怎敢遗忘生存与发展的根本呢?

面对溢美之词不忙着接受,《时空之旅》盼望的是在激烈的竞争中寻找自身的不足,在不断完善中变得更加强大。可惜的是,放眼望去,国内目前还没有与《时空之旅》性质类似的对手或者朋友,不过,《时空之旅》注定不会在孤独中终老,因为一个素有渊源的老对手始终存在。没错,它就是太阳马戏团。而且这一次,太阳马戏团已经浩浩荡荡地长途奔袭而来。

把太阳马戏引进到中国,是中国演出商们20年来从未间断过的梦想。但巨额的投资,连演几十场的出票压力,让国内的演出巨头都望而却步。经过长期艰苦谈判,上海终于取得了太阳马戏剧目在中国内地的首演权。太阳马戏团的经典剧目《神秘人》确定于2007年8月在上海上演,而且一演就是70场。

这个消息早在一年前就已经传来,时空之旅公司的决策者们感到既兴奋又隐约有点担心。兴奋的是,终于可以在演出市场上与素有渊源的同行展开一番较量,借此可以检验《时空之旅》在观众心目中的成色;担心的是,对方毕竟是驰骋国际演出市场多年的老手,而上海的文化市场又素有"外来的和尚好念经"的传统。还不够明朗的上海杂技演出市场可以容纳两家性质接近的杂技大戏相容共生吗?

时空之旅公司开始考虑一套折中方案:《神秘人》来沪的这段时间,《时空之旅》暂停上海的演出,借此机会去欧美国家巡演。一来避其锋芒,二来也为将来海外市

"国家文化产业示范基地"揭牌仪式

场的开拓打下基础。如果说《时空之旅》和太阳马戏终究有一天要在世界舞台上同场竞技的话，在"敌人"来犯的情况下，主动深入到敌人后方去，也不失为一种明智的竞争策略。

但这个方案的代价就是可能会丧失好不容易积累下来的"天天演"的基础。为了维持观众的持续关注度，《时空之旅》在节假日从来不敢稍停，连春节也仅仅休息除夕一天。如果太阳马戏来沪期间让《时空之旅》暂停，它日后还能不能恢复荣光，时空之旅公司的每个人都不敢确定。

权衡再三，时空之旅公司还是在董事会的支持下，决定坚持以我为主的思路，既不狂妄自大，也不妄自菲薄。公司在 2007 年初即早早制定了针对太阳马戏访华时，《时空之旅》的市场营销和推广设想。

根据调研，《时空之旅》与《神秘人》在观众构成方面有比较大的差异。《神秘人》相对昂贵的票价决定其观众为政府商务、高端企业团体、白领以及部分周边城市观众。而《时空之旅》经过营销的厚积薄发，已经打通了各个市场人群，既有商务客源，也有旅游客人。至少旅游团队和宾馆的商务客人是不会重叠的，受到的影响相对较小。

拿到调研的结果，公司有底了，由此制定了策略：保证《时空之旅》演出的高质量；差异化运作、差异化营销；演出期间差异化友情操作；演出后学习借鉴，为我所用。

不妨本着"取经"的态度去现场观摩一下《神秘人》的演出。在公司的组织下，《时空之旅》剧组成员分批观看《神秘人》的表演，以对手为镜，检视自身的不足。

《神秘人》的演出开场前，观众就感受到了与《时空之旅》完全不同的气氛。走进太阳马戏标志性的大篷，顶上是"蓝天"、"白云"，观众席是270度环形位置设计，即使坐在最后一排，观众与舞台的距离也要比一般剧场近一半。

从观众进场的一刹那，演出实际上已经开始了。或者换个角度看，每个进入大棚的观众都是演出的一部分。"小丑"已经在场内穿梭，和孩子们嬉戏，四个"白色蒙面人"冷不丁将正和同伴说着话的一位观众抬上了舞台。舞台表演还没开始，场内气氛就"活"了一半。

《神秘人》讲述的是一名12岁的女孩遇上无头神秘人，从此展开一段奇幻之旅，并最终找到生命真谛的故事。登场的各个节目，都充满异国情调，也就是她的"梦幻奇遇"。总共有10个节目连缀，其间穿插一些过场小节目。整出戏的着眼点是：一个孩子的梦想，就可能改变世界。

如果说这些表演在多媒体声光电的表现上还没有超越《时空之旅》的话，主要表演之外的内容却让人印象深刻，其中最让剧组人员感到触动的竟然是节目连缀间的穿插过场。

演出中，1米高的舞台底下，会冷不防跳出一个动作夸张、衔着玫瑰花的瘦高个演员，他张望着，突然走下舞台，随手就"抓"一位女观众上台，献花、牵手、绕场一周。舞台中央的两把座椅上，小丑演员用夸张的哑剧表演方式，启发女观众跟着他表演"一对恋人的约会"，关车门、弄乱姑娘的发束、喝交杯酒。很难想象，这一切都是在无实物的状况下表演的，而表演者之一竟然是临时被拉上台的普通观众。

有一段表演尤其令人印象深刻。

一位黑人演员先走进观众区，在A区前几排走了没几步就站在一位中国观众的后面，从后面与这位幸运者打招呼。这位观众显然非常讶异，没等他回过神来,黑人演员已经挥手让舞台上的白衣隐形者们把这位幸运者弄上舞台。

演员们先是调皮地吓唬这位观众,更出乎意料的是,之后他们几个人居然合力把这位观众从后面抱起穿过舞台就拉到幕后去了。全场只听到一声响亮的惊叫声……

观众们惊讶地纷纷猜测。大约10分钟后,只见一群白衣舞台隐形者们又从幕后蹦蹦跳跳地出来,不过这次多了一位白衣者。仔细一看,不正是那位幸运观众吗?只见他滑稽地学着其他隐形者们,用白衣罩着的大手向观众们挥手,憨厚的样子,惹来大家一阵大笑。

在整场演出的互动过程中,有观众羞涩着不愿上台,也有观众大胆毛遂自荐,《神秘人》挑战着中国观众对全新杂技表演形式的适应度。

演出看完了,《时空之旅》的舞台监督、老杂技人张训导感触颇深。张老师入杂技行已经有近四十年的历史,全程参与了《时空之旅》的排练,那段日子里他曾经被黛布拉和艾瑞克颠覆了舞台表演的艺术观。今天,他再一次受到了震撼。

看来,太阳马戏团能够享誉全球并非浪得虚名,而他们最值得《时空之旅》学习的地方莫过于与观众深切的互动。

张训导入行之初学习过小丑表演,年轻时也在杂技团担任过串场表演的重任,深知与中国观众互动看上去轻松,做起来却难上加难。在西方,马戏行有句老话:小丑是马戏团的灵魂。中国传统杂技作为民间艺术的代表作,也不乏艺人与观者互动的经典。但是,随着杂技表演所谓品味的提高,在"艺术追求"的旗号下,观众和表演者的距离越来越远了。中国杂技发展到现在,整场表演几乎已经没有任何的互动环节。

杂技要突破,离不开互动环节的回归。否则,请观众离开电影、电视这些强势的媒体重新走进马戏城,就缺乏十足的理由。甚至可以说,由太阳马戏发起的"马戏革命",无论是去动物化、去明星化,还是加入舞台剧情和多媒体声光电效果,在某种意义上都是回归互动的运动。

《时空之旅》的创意编排过程同样是一次回归。不过,在回归的道路上为了契合中国人的适应性,避免转变太快引起的不适,需要更加理智和谨慎。值得注意的是,这种对于互动的"不适"不仅存在于演员、导演和创意队伍中,更广泛地根植于观众之中。

《神秘人》提醒了《时空之旅》:在"马戏革命"的道路上要想走得更远,就必须在观众中找回久违的互动的热情。这也是今后《时空之旅》在艺术创作上的一个重要的突破方向。

但是,与《神秘人》比较以后,《时空之旅》的信心空前强大了。对方音乐的完整性、流畅性与舞台的艺术表现力,包括灯光效果和音响效果,作为一个整体来看非常出色,但《时空之旅》在这方面的硬件指标上毫不逊色。从演员的技巧和难度上看,《时空之旅》甚至更胜一筹。

《时空之旅》在本地已具有相当的市场影响力和品牌影响力。而《神秘人》,包括太阳马戏团毕竟是第一次走进中国。对于国内的市场而言,《时空之旅》才是先行者,占有"主场"的优势。而且,双方目标消费群体定位也不一样。《时空之旅》关注的是海外游客、商务散客和部分本地观众;《神秘人》更像是一台推广现代马戏理念、短期绚烂的大戏。

从6月28日到8月26日这两个月间,《神秘人》迎接了近13万名来自海内外的观众,在拥有2 544个观众席位的演出大篷里实现了平均85%

的上座率。

与此同时，《时空之旅》也一场不落地持续演出，上座率不仅没有下降，反而稳步上升。业内人士分析，《神秘人》的到访做足了宣传攻势，这实际上是给马戏行业做了一个大广告。越来越多的观众通过宣传和亲身体验了解到，现在的马戏不再是从前按部就班的呆板表演，已经演变为兼具音乐性、舞蹈性和戏剧性的全新舞台表演形式。在这种观念下，《时空之旅》作为更具本土特色的全新演出，自然大受欢迎。

一台优秀的舞台演出，创意和修改一定是贯穿始终的。《神秘人》也给了《时空之旅》创意上新的启示。不久，《时空之旅》就展开新一轮的修改，对杂技表演的技巧难度再做提升，并重点强化了演出的戏剧效果。

尽管只是对每个节目进行了"小手术"，但由于细节上做足了功夫，整台演出的艺术水准明显有了飞跃，舞台效果更为流畅，戏剧效果的强化带给观众更多惊喜。

经修改后，顶缸节目"千古绝顶"将不再唱独角戏。表演行将过半时，四个紧跟其后表演柔术的女孩，将以"观众"身份出现在舞台上，与顶缸的表演者展开"对话"。待该节目表演完毕，四个女孩边舞边退向舞台后面的旋转圆台，转而成为舞台上的主角，为观众进行柔术表演。虽然只是小小的改动，但从现场效果来看，节目间的衔接流畅了许多，演出的戏剧性得到了提升。

而上半场的压轴好戏"生命之轮"则变得更为惊险。新版演出中，演员表演的难度系数大大增加，不仅要在8米高的大车轮外圈行走、跳绳、要火把，还将上演吊挂外圈等惊险动作，观赏性将比以前更强。

为加强表演的戏剧效果，一些演员的形象设计也作出了调整，增加了浓墨重彩的艺术彩绘和图腾式的装饰,令舞台整体效果更光鲜亮丽。

就在《时空之旅》向同行虚心"取经"的同时,《神秘人》剧组也没有闲着。他们利用周一休息,兴致勃勃地集体观看了具有浓郁中国风味的《时空之旅》演出。两个剧组的演员还纷纷合影留念。

通过互相介绍,大家发现原来《神秘人》里还有 4 位来自中国的小天使。1995 年,北京杂技团的 4 位小姑娘参加了在法国举行的巴黎杂技节,演出的节目正是《抖空竹》。太阳马戏团的部门负责人一眼就相中她们。第二年,太阳马戏把中国小姑娘的《抖空竹》节目编进了《神秘人》中,由北京杂技团每年派 4 位小姑娘轮换演出。

这 4 位小姑娘,都只有十四五岁,正是上学的年纪。太阳马戏团中的未成年人演员,都有义务上学。但太阳马戏的巡演秀,常常是周游世界,在一个城市里,一般都只演出两个月。因此,"车轮上的学校"成了"太阳马戏"巡演秀的一道独特的风景。

"车轮上的学校"建在巡演秀的现场,通常能容纳 10 个学生和两三个老师。在《神秘人》巡演秀中,有 25 名员工负责孩子们的教育,包括老师、行政人员和父母代表,他们负责进入太阳马戏学校的孩子们的各个方面事务。剧组为四位中国小姑娘配备了一名中英文翻译,这位翻译也兼职成了她们的老师。每天上午十时,她们就开始上文化课,翻译老师负责教授她们语文、数学、英文三门功课。

看来,马戏的革命不止发生在舞台上。太阳马戏团作为一位先行者,的确有许多值得学习的地方。

不过,《时空之旅》同样有值得自豪的地方。在太阳马戏来访期间,公司作出的"争取收支打平,亏一点也没关系"的预测被票房成绩推翻了。

《时空之旅》不仅没亏钱,在此期间还盈利数百万元。

与国际演艺巨人同行,《时空之旅》照样是舞台上光彩夺目的主角。

时空法则第二十四条:"商战"只是关于商业竞争的一个不太恰当的比喻。

商业竞争最终的结果往往是相容共生,而非你死我活。所以,你的对手或许就是今后陪伴你最久的伙伴。

路在脚下

第九章

曲高和不寡，曲终人不散。

演满 300 场、500 场、1 000 场……表演每天都在修改、都在创新、都在完善，唯一不变的只有由观众主导的最后那个环节——全场起立为《时空之旅》精彩的演出鼓掌。

这样的掌声令人沉醉，这样的掌声却并非独有。放眼全国的话，你其实不难在神州大地的舞台上收获观众的热情和鼓励。拿我个人来说，北京天桥下、沈阳故宫旁，西子湖畔、漓江船头，我不止一次听到过观众在演出结束时发自内心的掌声。许多时候，由观众火一样的热情燃烧出来的现场气氛，并不亚于《时空之旅》的舞台。

可是，如果在这些精彩纷呈的节目里头，挑出一台既能"居庙堂之高"，又能"处江湖之远"的就是另一回事了，很遗憾，我至今没有发现哪一出戏可以在这方面与《时空之旅》媲美。新相声里奇趣逗乐的市井戏谑、二人转里无伤大雅的色彩玩笑，听一听、乐一乐足矣。但即便经营再好、票房再火爆，它们注定只能成为中国文化市场暗潮涌动的流派，而不能扛起文化改革旗手的大任。

领行业风气之先者，另一个必要条件是可复制。推广普及的政府行为、快速扩张的商业需要，都要求文化改革的这位先行者具备超强的"繁殖"能力。用这个标准来判断，阳朔、杭州、成都、宜昌，一切"因地制宜"的创意恐怕都很难合格。因为甲天下的桂林山水，《印象·刘三姐》才能妙到毫巅；但也正是桂林山水困住了刘三姐的脚步，她无法走出阳朔，让全国观众一睹她的芳容。没有了 1.654 平方公里水域、12 座著名山峰为依托，刘三姐的歌喉想必也会大打折扣。

无论创造者们情愿与否，《时空之旅》代表中国大大小小的杂技团、林林总总的演出单位,走到了中国文化产业破冰的十字路口。当然,要实现这个目标,路漫漫其修远兮。但至少,它是看上去最健康、最有可能活下去的那一个。

《时空之旅》究竟何德何能,可以担此重任?

或者,我们换一个角度来看,为什么命运选择了《时空之旅》?

历史的选择

要回答这个问题,首先要了解中国文化产业发展的历史与现实。

在改革开放三十年的节点上,全社会展开了一场对于三十年经济发展的回顾,感慨良多,收效颇丰,相信这些理论研究成果会成为我国下一阶段经济发展的强大助力。可是,学者们对于伴随经济发展的文化进步却着墨不多,一些媒体更是绝口不提文化产业的发展,这不能不说是一种遗憾。

根据北京大学王德岩研究员的分析,在改革开放的三十年里,我国文化产业的发展同样经历了深刻的变革和阶段性的成长,大致可以划分为四个阶段。

首先是起步阶段。追溯我国文化产业发展的脚步同样要先向南看。改革开放之初,广州东方宾馆(开业于 1961 年,是广州历史最悠久的五星级酒店)开设了我国第一家音乐茶座。各大城市以歌舞厅为主体的经营性文化场所如雨后春笋般涌现,形成了蓬勃发展的文化市场。娱乐业成为文化产业的先导,从无到有,极大地刺激了社会文化消费的增长。

伴随着经济体制改革,文化体制的弊端日益突出,越来越难以适应我国改革开放的总体要求,于是文化体制改革随之而来。中国文化产业发展从此诞生了一个终生特点:始终落后于经济发展并不断模仿经济体制改革的经验。那时候适逢"承包制"如火如荼,文化单位也推行以承包经营责任制为主要内容的改革,解决统得过死和吃大锅饭等体制弊端,同时实行了以文补文、多业助文等改革措施,实行"双轨制"——一轨为国家扶持的少数全民所有制院团,另一轨为多种所有制的艺术团体。总之,政府希望通过改革改变文化单位"吃不饱饭"的经济困境。

改革不可能一蹴而就,文化单位在这一阶段收获了一个重大的利好消息:1985 年,国务院转发国家统计局《关于建立第三产业统计的报告》,把文化艺术作为第三产业的一个组成部分列入国民生产统计的项目中,正式确认了文化艺术可能具有的"产业"性质。文化市场的发展和地位得到了承认。

第二,自发阶段。正所谓"一统就死,一放就活",文化产业在放宽限制后马上迎来了高速发展。文化市场日趋活跃,出现了文化制造业、文化服务业和文化消费场所,各类演艺公司、广告公司等文化企业发展迅猛,逐渐成为文化市场的主导。

同时,政府也加强了对文化市场的管理。1988 年,文化部、国家工商局联合发布了《关于加强文化市场管理工作的通知》,结束了文化市场管理无法可循的局面。1991 年,国务院批转《文化部关于文化事业若干经济政策意见的报告》,正式提出了"文化经济"的概念。

第三,自觉阶段。1992 年,我国全面建立社会主义市场经济体系,文化产业开始由自发走向自觉。这个时期以国有大型文化单位改革为标志,文化产业化趋势席卷文化领域。不仅非公有经济纷纷进入文化领域,而且一批国有大型文化单位进行了改革和转型,出现了以《广州日报》为标志的报业集团和以北广传媒为标志的传媒集团以及众多大大小小的文化传播公司。

这一阶段可以说是文化单位深层次体制改革的阶段,他们根据不同特点,建立健全激励竞争机制,努力增强生机和活力。文化管理部门也加大自身改革的力度,转变职能,提高效率,加强和改进对文化事业的宏观管理。

第四,全面发展阶段。2001 年 12 月,我国正式加入世贸组织。这对我国刚刚起步的文化产业提出了强有力的挑战。文化产业发展既面临着巨大压力,也迎来了全新的发展机遇。"十六大"报告明确了文化产业发展方向,提出了"积极发展文化事业和文化产业","完善文化产业政策,支持文化产业发展,增强我国文化产业的整体实力和竞争力"的决策。发展文化产业不仅作为党和政府的重要任务,还被确立为一项重要国策。

到 2007 年底,全国文化系统登记注册的文艺表演团体达 4 512 个,艺术表演场所 2 070 个,演出经纪机构 1 024 个,文化娱乐场所 82 174 家,艺术品经营机构 1 112 家,音像制品批发零售出租机构 87 137 家,网吧 13 万多家,其他文化经营单位 11 783 家。文化市场形成多样化、多层次、多渠道的文化产品供给新格局和传播快、覆盖广、容量大的文化产品流通新网络。

2007 年中国文化产品和服务进出口贸易总额为 166.4 亿美元,其中核心文化产品进出口贸易总额达到 129.2 亿美元,比 2006 年增长 26.6%,是 2001 年的 3.7 倍;文化服务进出口贸易总额为 37.2 亿美元,比 2006 年增长 39.9%,是 2001 年的 6.1 倍。

截至 2007 年底,中国经营性文化产业机构已达 27.2 万家。文化产业日益成为市场经济条件下繁荣社会主义文化、满足人民群众精神文化需求的重要途径,文化产业对国民经济增长的贡献不断上升。

国民经济的快速增长和国民收入水平的不断提高,开拓出文化产业新的发展空间;新闻出版媒体"整体上市",标志着文化体制改革的进一步深化;技术进步酝酿突破,广电和电信产业的融合稳步推进;促进文化产业发展的政策逐步成型,所有这些与产业发展密切相关的宏观总体形势都令人鼓舞。

2008 年,一场发轫于美国的金融危机席卷全球,中国经济不可避免地受到巨大影响,文化产业也在一定程度上被波及。最直观的影响就是部分剧场上座率下降,毕竟身处危机之中,人们的消费信心大减。另外,旅游客源的减少也给各个演出节目带来了经营上的巨大压力。

但是,相比受危机影响最大的出口外向型企业,危机对文化企业的影响还没有呈现集中爆发的势头。有句老话说得好,跳得越高,摔得越重。这一次风暴源自近十年来飞速发展的美国投资银行,于是直接在金融领域重创美国经济。其后,风暴波及大洋彼岸我国的出口外向型企业,再影响到加工制造业。相对而言,我国的文化产业基础较低、底子较薄,受风暴的冲击较小,反而最有可能安然度过危机。

不仅如此,金融危机酝酿着全球经济的大变革,文化产业甚至可能在即将到来的变革中获利。

首先,中国将痛下决心进行经济结构的转型,文化产业转型的步伐有可能加快。国家拉动内需、拉动消费、减少收入差别程度等政策的实施,以及教育、卫生、文化等领域的改革,都会直接推动文化消费,直接推动文化产业发展。"十一五"规划已经把文化产业作为调整经济结构的重要举措，从中央到地方出台了一系列鼓励文化产业发展的政策措施。文化部明确提出在五年内文化产业要实现年均 15% 的增长。北京、上海、浙江、广东、云南、重庆、四川、河南、山西等诸多省、市提出建设文化大省、文化强省的目标，在规划中都提出文化产业的发展速度要高于 GDP 的增长速度。

其次，全球范围的大量用于投资的资金在各个行业受挫，中国的文化产业可能成为这些资金现在最好的避风港之一。《时空之旅》等项目的成功已经证明，文化产业是投资回报最好的行业之一。文化产品是与日俱增的消费热点；当代社会各种产业利润主要靠领先的自主创新和技术进步来实现，而文化产业正是自主创造和技术含量高的一个门类。在政策因素和市场因素的作用下，文化产业的资本盈利率比较高，文化产业方面投资热将会长期存在。

时空法则第二十五条：危与机并存，在经济波动中，本来发展较慢的产业受到的冲击也相对较小。文化产业迎来发展的契机或许就在眼前。

现实的需要

中国文化产业的发展恰逢其时。经济的飞速发展带来人们旺盛的文化需求，原有的艺术内容和表现形式已满足不了社会大众的文化需求。如果不正本清源，提供有益的文化产品，糟粕就会乘虚而入。在全人类数字化生存的今天,一个好的文化产品可以一呼百应,一个差的文化产品也可以迅速毒倒一大片人,甚至戕害整个社会的思想价值体系。所以,中国文化产业的发展也到了不得不突破变革的关键阶段。

经济的发展彰显了民族的活力,中国国际地位不断提升。可是,在"中国制造"流向全球的时候,国人辛勤的劳动换来的不全是激赏和赞扬。原因不能排除东西方价值观的差异、少数人对中国崛起的恐惧,但是,我们自身的确也存在这样那样发展中的问题。国外合理的批评声音我们应当虚心接受并且深刻反思。可在研究所谓"中国威胁论"时我们不得不无奈接受这样的事实:许多西方批评者根本不了解当代中国,一些人对中国的印象还停留在上个世纪六七十年代。"中国制造"遭遇的一次次危机,很多时候其实是偏见造就的。原因的一部分就是,中国文化产业未能负担起传播正确理念的重任。

另一方面,我国有着悠久的历史传统和深厚的文化积淀,各类文化资源极其丰富,数不胜数。其他的不说,据记载,中国仅戏曲就有 275 种,影响最大的有京剧、越剧、沪剧、豫剧等 10 多种。我国还拥有 35 项世界遗产,其中文化遗产 24 处、自然遗产 6 处、文化和自然双遗产 5 处,位居世界第三。这些都是发展文化产业的得天独厚的重要条件。中国文化一直凭借独有的魅力和影响力在世界文明史散发耀眼的光华。近两年,世界各地对中华文化的迷恋持续升温。可是,当"功夫"、"熊猫"或者"功夫熊猫"在好莱坞大行其道的时候,国内却拿不出一项具备相同影响力和票房的文化产品。

中国文化产业在最危急的时刻,迎来了最好的发展机遇。这就是我对于中国文化产业发展现状的基本判断。

《时空之旅》文化追求与产业追求研讨会

偏偏就在这样的时刻，诞生了这样的多媒体梦幻剧《时空之旅》，用一个穿越时空的故事勾勒出中国杂技发展的脉络线索，一出舞台剧浓缩了中国文化产业发展的过去、现在和未来。那么，它的意义也就不言而喻了：《时空之旅》是在激烈竞争的环境里，本土演艺产业的一次成功战略的实现。通过对于《时空之旅》的研究，我们有可能为整个中国文化产业找到一个比较适合国情的竞争模型。

因此，《时空之旅》从诞生之日起就受到学界的高度关注。上海社科院的花建教授就一直关注它的发展，研究它的成功之道。在他看来，《时空之旅》的战略可以划分为资源整合、编排创新和市场运作三个层次，其核心战略是创新。

由于历史和现实的原因，中国的文化单位，在整体上缺乏有序的历史继承、深刻的时代感、必要的规模效应和范围效应。文化单位资源整合的首要之义，还是一个字——钱。在其他很多行业，融资对于具备发展潜力的中国企业而言，早已不再是一道难题。然而，以国有资本为主体的文化产业，要想吸引市场化的投资资本，就必须先进行产权结构的合理调整，并且要同步整合文化产业的价值链，最大限度地弥合文化产业投资、文化产品和文化市场之间的人为割裂,为不同性质的资本拓展出更大的现实空间。问题是,理顺结构需要时间,而项目上马是急迫的、资本是贪婪的,这就使得文化产业的融资谈判步履维艰、成果寥寥。

《时空之旅》的合作三方没有走贷款、风险投资等企业融资的老路,也没有坐等政府的财政支持,而是通过文化产业内部的合作,共同出资解决了难题。

国务委员陈至立在《时空之旅》剧场内

资源整合当然不仅仅体现在融资环节,而是贯穿于《时空之旅》战略的始终。它整合了上海杂技团逾五十年的舞台表演经验,并在其中融入了旅游产业发展的理念,将一切有利于《时空之旅》发展的事物为己所用。尤其值得一提的是,政府对文化产业的扶植也被《时空之旅》视为一种必须整合的资源。《时空之旅》立意之初就瞄准了2010年上海世博会的契机,针对上海市政府发展本土文化产品的需求进行创排,也因此获得了对方大力的支持。

最大限度地整合资源,在此基础上,文化产业的发展离不开创新。创新是文化产业的灵魂,是文化产业发展的动力源泉。毫无疑问,创新也是充分挖掘利用文化资源、实现文化产业快速发展的必由之路。中国的杂技,长久以来一直是活跃在国内外演出市场上的主要艺术门类。可是,部分院团由于缺乏创新意识,服饰、音乐、舞美、灯光几十年"一贯制",致使杂技的艺术生命有所衰退,对观众的吸引力逐渐减弱。

针对这个问题,《时空之旅》立志创新,聘请了国外创作团队,深入挖掘中国杂技特有的艺术元素,利用声、光、电、多媒体等高科技手段,融合音乐、舞蹈、武术等艺术形式,以"中国元素,中外合作;中国故事,国际表述"的理念,打造出一台精彩纷呈的"多媒体梦幻剧"。

所谓的"创新"并非天马行空的胡思乱想,而是把人类文明中"已经存在的想法"灵活地古为今用、洋为中用,运用之妙,存乎一心。《时空之旅》并不讳言来自太阳马戏的启示,因为太阳马戏倡导的"马戏革命"、"蓝海战略",代表着产业的未来。然而,试图模仿太阳马戏的剧团数不胜数,为什么唯有《时空之旅》取得如此的成就呢?原因就在于《时空之旅》强大的创新能力。

太阳马戏团的一个突出特色是演员国际化,演出也同样国际化。无论是在拉斯维加斯还是在上海演出,《神秘人》的故事主轴和表现形式不会有太大的变化。也就是说,太阳马戏剧目中的地域性理念并不明显甚至可以隐去。

前外交部长李肇星观看《时空之旅》

《时空之旅》则完全不同。它讲述的是一个以上海为背景的关于时空的故事,浓缩了上海的城市历史,体现了杂技的人文色彩,表达的是都市记忆的沉睡和被唤醒。在《时空之旅》的故事里，老孔会时刻提醒观众："中国"是贯穿始终的概念，失去了"中国"，《时空之旅》也就不成为《时空之旅》了。可以想象，将来《时空之旅》走出国门的时候，"中国"依然会贯穿舞台表演始终，这种东方色彩或许正是它与全球同行展开竞争的法宝。

多媒体声光电的舞台效果借鉴自太阳马戏，而东方色彩的表演传承于传统的中国杂技。《时空之旅》的创排没有做一件"拍脑袋"的事情，偏偏创造出了一个许多人拍破脑袋也想不出来的"梦幻剧"。这种创新的思路无疑值得文化单位深思。

光有创新理念是不够的，还要有创新的手段来实施它。《时空之旅》引入了全套的加拿大编导队伍，保证了跳出自命不凡或自惭形秽的自我审视，真正用第三者的眼光来欣赏中国文化。事实证明，这种视角既避免了老外看中国文化表演时的晦涩，也增加了中国观众的新鲜感。

此外，《时空之旅》的道具、设备、舞台环境无一不精，比较好地配合了创新的实施。

好资源、好创意，铸就了好的文化产品。但是，产品要真正销售给消费者，才能实现它的价值。《时空之旅》战略的第三部分是市场运作。它既是战略的重要组成，也是细致的战术。

我们常说，文化产业的发展需要"事业单位转企业"，其实这种提法是远远不够的。文化产业需要的机制究竟是什么？学界的思考整体滞后于发展。

简单地说，经过三十余年的改革开放，大部分中国企业已经建立了以利润为中心的现代企业制度，以追求利润为目标成为理所应当的事情。那么，"事业单位转企业"是不是意味着我国的文化单位全部要转变思路追求利润，一转了之呢？

至少目前看来，文化单位这样一转了之很难实现。在现有机制要求下，文化绝不仅仅是生意，它承担的社会责任远远高于其商业利益。

商业行为在不影响文化产业社会责任的前提下进行，究竟可以做到怎样的规模、怎样的程度，并没有明确的规定。再加上改革开放以来，中国奉行"摸着石头过河"的尝试态度，文化项目的运营就不得不处于一种模糊状态。

关于这种模糊状态，前人多有阐释，这里就不做深入分析了。值得注意的是，在中国，凡是优秀企业家全部都是适应模糊状态的高手。推而广之到全球，能否容忍对待市场、政策、运营等等各层面的模糊状态，也是评判优秀企业家的重要标准。

《时空之旅》就遭遇了文化产业的模糊状态：杂技行业的整个前景不明朗、政策层面是否会扶植不明确，甚至连演出的具体环节、舞美的效果、观众的调查，在演出前完全处于混沌不明的状态中。

唯一明确的是几位领导者长期实践中对文化演出市场的总体把握。

在这方面《时空之旅》的具体做法是，一方面选择了每年数百万入境上海的商务、旅游人群作为自己的观众群，使项目天天上演成为可能；另一方面，从旅游市场层面寻

2007年1月21日前文化部部长孙家正观看《时空之旅》

求海外源头、海外买家,把国际市场的客源引进到国内市场上来做,发挥"天时、地利、人和"的主场优势。

事实上,这是一种勇者的决心,更是一种智者的心态,是更高层次的"谋定而后动"。有了十年文化市场上的不断尝试,有了三方投资、独立运营的企业架构,市场主体地位的确立,有了销售队伍的介入,才最终铸就了《时空之旅》首演即成功的壮举。

作为文化企业成功运作的一个案例,《时空之旅》带给文化企业的经营者,带给政府文化产业管理部门的领导者不少启示:加快发展文化产业,就要战略得当、经营用心、管理科学,并有商业意识。企业只有制订得当的战略,处理好文化产业发展与体制机制改革,与市场开发、高新技术运用、对外开放和交流的关系,才能避免短视行为,找到正确的发展路径。

中国古老的杂技在新世纪进行了一次华丽的转身,显现出无限的生命活力。《时空之旅》,绝非偶然。

时空法则第二十六条:在时间和空间的维度上重新审视现有的资源。放宽历史和地域的视界去看问题,你或许会发现:藩篱变成坦途、阻力成为动力。

民族的　世界的

2008年8月8日晚8点,中国人用北京奥运会开幕式震惊了世界。

　　相比较奥运体育主题的点到为止，奥运会更像是压抑许久的中国文化在世界舞台上的一次惊艳亮相。这种亮相在近代史上前所未见，我也不敢想象中国文化产业在最近几年内是否还能诞生具有同样影响力的文化产品。

　　西方观众在互联网上一片惊呼，慨叹开幕式的伟大，同时也惊讶于"中国原来是这样的"。在全球媒体鲜有的齐声叫好的情况下，中国的文化产业人士却保持着异乎寻常的冷静。

　　在自豪之后，人们不得不面对这样的遗憾：张艺谋仍然在用西方思维诠释中国文化。

　　比如开幕式表演中的水墨画卷，它用西方人乐于接受的行为艺术的方式来展示中国文化，使得西方人很好理解。每一个中国人都很清楚，行为艺术并非国画的内涵，而我们不应该刻意为了迎合西方的思维改变我们的文化内涵。作家冯骥才认为，随着中国在世界的地位越来越高，慢慢地，西方也会学着用中国的思维来理解中国，甚至用中国的思维来理解世界。

　　问题在于，国家经济的发展就一定能够带来文化在全球范围的繁荣吗？如果比照美日两国的经验，答案似乎是肯定的。但是，这两国的文化繁荣相对于经济发展，存在着一个十数年到数十年的滞后期，这个过程离不开该国文化产业突飞猛进的发展。否则，用本国的文化影响世界，只会沦为一句空话。

　　假使在不远的将来，中国文化真的能够以积极、进取、正面的形象再次影响世界，那无疑是中华民族对世界文明进程的巨大贡献，也是所有华人的荣耀和一种"幸运"。但是，这种幸运不会平白无故降临，它有赖于中国文化产业的建设者们有力的行动。

　　《时空之旅》的前三年是一个飞速发展的奇迹。随着持续火爆的票房续写至一千零一夜，故事的"神话"部分已经讲完了。《时空之旅》的经营趋于平稳，作为故事的参与者或旁观者，我们也该收拾目眩神迷的心情，沉静下来思考《时空之旅》的未来。

　　毫无疑问，它将扩大、再发展。可是，沿着怎样的道路前进？引入风险投资？大刀阔斧的体制改革？全国布点还是连锁经营？专业化抑或多元发展？《时空之旅》的缔造者们突然发现，对于前路，他们并不比三年前知道的更多。好在他们足够谨慎，三年的积累又让他们对《时空之旅》的节目质量足够信任。三年前那样困难的局面，他们都能够无所畏惧。还有什么能够阻挡《时空之旅》前进的脚步呢？

　　《时空之旅》的未来存在无数的可能性。唯一肯定的是，它必将由中国走向世界。

　　这是《时空之旅》从诞生开始就肩负的使命，这个两步走的策略甚至早已写入了它的战略规划之中。

　　第一阶段的市场战略叫做"出口不出国"，这是《时空之旅》针对自身特点创造出来的新颖模式。涉外旅游演出项目历来是中国文化出口的一种重要形式和载体，

文化部部长蔡武观看《时空之旅》

其目标就是占有海外演出市场的份额，吸引和争取海外观众。《时空之旅》的具体做法是，一方面瞄准了每年数百万入境上海的商务、旅游人群，使节目天天上演成为可能；另一方面，从旅游市场层面寻求海外源头、海外买家，把国际市场的客源引进到国内市场上来做，发挥"天时、地利、人和"的优势。

通过成功的市场营销，《时空之旅》首先在国内常年演出市场牢牢立足，吸引来上海的源源不断的国际旅游者前来观看，不出国门就实现了中国演出产品的"出口"。这样做，既可以大大降低文化出口的成本，又同时在一定程度上解决了上海高端旅游演出产品缺乏的问题，在满足需求的同时进一步创造需求。一个产品的成功伴随着一片新市场的成功开辟，形成演出首先在国内市场的繁荣，然后

上海合作组织峰会外长观看《时空之旅》

再走向世界的完整产业链条。

"出口不出国"只是走向世界的第一步，第二阶段的市场战略就是直接走向世界。市场操作上是在定点演出的基础上制作国际巡演版。经过一段时间面对国际游客的定点演出，剧目将更加成熟，国内外市场的知名度也越来越高，这时候安排巡回演出，只需要再花很少的推广费用就能收到顺水推舟事半功倍的市场效益。而由于版权属于自己所有，巡演版制作的

成本也大为降低。在制作成本和推广成本均大为降低的基础上,直接走向世界的风险就在可控制的范围了,因而成功的几率很大。

　　走向世界,也是《时空之旅》不容推卸的责任,尽管走这条路很难很难。

　　中国每年派出数百批演出团队,可是能赚回外汇并在西方主流社会产生影响的只是少数。包括演艺产品、音像产品和展览等在内的文化产品多数依靠文化交流来进行,与大举进入中国的欧美娱乐产品、日韩电视剧音像产品等反差鲜明,造成悬殊的文化贸易逆差。

　　就文化贸易逆差大的问题,有关部门提供了一组数字:2004 年,仅北京市派出 61 批演出团队,计 658 人次;引进 83 批演出团队,计 1 190 人次。表面看来,进出口

上海合作组织峰会代表国文化部部长观看《时空之旅》

批次相当,但中国演出团体出国演出收入,一般平均每场不到 3 000 美元;国外同等团体来华登台,每场酬金多在三四万美元,而像多明戈一类的大腕儿,酬金要几十万美元。

　　《中国出版年鉴 2004 年》显示,2003 年中国出版类引进与输出比为 6.84:1;版权贸易 20 世纪 90 年代上半期,中国的引进与输出比约为 4:1,1996 年后版权引进以年均 57% 速度增长,输出则迟缓增长,到 2002 年引

进与输出比约为 10：1，到 2003 年引进与输出比上升为 10.3：1。巨大逆差还反映在结构上，以图书版权为例，2003 年中国引进 12 516 项，输出版权仅为 81 项。

　　中国文化资源之多和产值之低，与越来越国际化及市场运作的要求不相适应。张宇一语道破："中国以前根本就没有对外文化贸易，只有文化交流。"文化部市场司副司长张新建也说："中国是文化资源大户，不是文化产业大户。在当今的国际文化市场中，文化贸易占主流，非盈利的事业性文化交流起的只是辅助作用，我们要适应这种变化。"

时任文化部副部长孟晓驷与《时空之旅》演员合影

　　造成这一切最主要的原因还是实力上的差距。根据 2006 年的统计数据，美国文化产业在其 GDP 总量中的比例占到了 25％ 左右。400 家最富有的美国公司中有 72 家是文化企业。而我国文化产业增加值仅仅占 GDP 的 2.45％。如果再算上中美两国 GDP 的差距，我国文化产业和发达国家的差距何止千里。

　　数据统计还不足以全面、立体地反映问题。西方国家通过发达的文化产业长期把持国际舆论的话语权。以老牌强国英国为例，尽管在军事、经济各方面早已不复当年"日不落帝国"的辉煌，可是，仅仅凭借《泰晤士报》和路透社两家在全球范围拥有强大影响力的媒体，英国的价值观依然强势主导着国际舆论。

　　相比较而言,来自中国的声音显得太弱小了,不仅远远落后于我们的近邻日本,甚至不如新加坡。每每东西方价值观发生碰撞的时候,为中国说话的不是中国自己,而是散落在全球的炎黄子孙。一个希望和平崛起、追求民族伟大复兴的国家常常遭遇这样的尴尬,怎能不令每一个文化产业的从业者汗颜。

　　中国文化产业的弱势当然有历史与现实的原因。但是,每一个从业者同样难辞其咎。现在,中国出口的文化产品尚处于粗加工阶段。也就是说,中国文化产品还不能按照国际市场的需求,按照输入国的市场需求和消费者的欣赏习惯,有针对性地进行生产和创造。这样粗加工的产品只能用于开拓海外华人市场,也自然不可能带来大的市场利润和文化影响。

　　归根结底,中国文化产品走向世界步履维艰,还是因为从业者不能以商业的思维来看待这个产业。

　　如果以市场为主导,那么在准备出口的文化产品生产之前不妨自问,外国消费者究竟喜欢怎样的中国文化?我们生产的产品是他们需要的吗?

　　其实,中西方　　　上海市委副书记殷一璀陪同山东省党政代表团观看《时空之旅》

在审美上存在巨大的差异。西方消费者阅读中国的图书、欣赏中国的电影戏剧,追求的是一种异国情调、一种与自己审美想象相符的东西。他们希望在作品中体会到和自己生活体验不同的内容。明白这点,就不难理解描写中国古老风俗的、历史的、与西方不同的作品会受到欢迎。莫言的小说和张艺谋的电影在西方畅销,正是因为把握了这个关键点。

同时,中国市场上的热点作品,尤其是描写现代社会和一些敏感问题的作品,西方读者反而不一定喜欢。比如在中国销量上百万册的《狼图腾》,翻译介绍到西方时说是中国史诗级的作品,但是读者阅读后发现是文革时代的故事,不符合期待,因此销量惨淡。

在这样的背景下,传统文化更容易走出国门。传统文化是中国五千年文化的精髓,有很强的内核,目前已经通过各种途径向全世界进行了很好的诠释,更容易被西方人理解和接受。而中国现代文化比传统文化缺少"神秘感",在发展历程中又植入了太多的西方元素,缺少自我认同。因此,这样的文化产品是很难打动西方观众的。

问题是现代中国正处于社会的剧烈变革之中,传统文化在经历断层后,还正在挣扎着回归。也许西方消费者欣赏的传统中国文化正是我们极力摒弃的,西方消费者厌恶的文化产品又是我们正在颂扬的。身处变革中的我们无力超然世外。这时候,高举传统文化的大旗,

靳羽西观看《时空之旅》并与演员交流

再聘请外脑来为我们打造真正适合西方口味的文化产品,不失为过渡时期的一个好办法。

　　《时空之旅》的权宜和选择无疑是值得许多文化单位参考的。

　　不刻意为了迎合西方的思维改变我们自己的文化内涵。既要牢牢把握文化内核,又要跳脱文化来审视自己,从操作层面上来说,的确很难。

　　尤其是一百多年来,东西方交流长期处于不平等的状态中,也给中国文化产品走向世界留下了障碍。最初,西方人认识东方,大多是通过传教士的作品,而这些传教士记述的通常是落后又愚昧的中国形象。西方人理解的中

电影明星真田广之等观看《时空之旅》

国文化被禁锢在陈腐和愚昧中。早期在西方电影节中获奖的中国电影大多数描述的是一群身处深宅大院,目光阴沉、性情抑郁的人。一部分西方人至今仍习惯于以一种优越的地位俯视中国文化,有时甚至带着鄙视。客观地说,这种现象很难在短期内获得根本性的改变。但是在可以想见的将来,随着中国国力的进一步增强,这种现象必将缓慢扭转过来。

　　但如果只因为一部分西方人对中国文化抱有轻视的态度,国人也就回报以敌视,或者干脆斥责西方世界选择中国文化产品总是"猎奇",甚至追逐阴暗面。这种想法又未免偏激了。

其实,外国文化产品进入国内的时候,又何尝没有满足中国观众的好奇心呢?无论日本动漫、日剧韩剧还是美国大片,他们对中国观众的吸引力不外乎可以提供一种与本民族文化完全不同的生活体验。

想通了这一点,可能有助于我们提供更合适的文化产品。那就是一种既不刻意迎合、也不孤芳自赏,既有传统文化韵味、又饱含独特风情的产品。明乎消费者的需求,我们也就掌握了售卖产品的主动权,更守住了中国文化的尊严。

时空法则第二十七条:分析顾客,明白顾客想要的到底是什么。这永远是文化产品推出前必须做足的功课。

但是,时空法则的最后一条更加重要——

认清你自己。

灵魂的舞者

外一篇

　　如果你将从事一种表演，它令你浸透在鲜血和汗水之中，甚至游走在生存或死亡的边缘，在面对观众的时候，你还能给出最真实的微笑吗？

　　有一种人，他们的生命注定以这样的方式绚烂。有人视之为勇气的极致，有人视之为技巧的巅峰，还有人视之为一种残忍。无论如何，他们在用最真实的方式向生命致敬。

　　他们，是杂技演员。

　　人们常用"灵魂的舞者"来形容舞蹈家。其实，舞蹈表现生命的张力，最终仍然是经过艺术升华的"表演"而已。而杂技演员在舞台上的紧张、忧虑或者欣慰，无一不是发自内心的生命之歌，在对于极限的挑战之中，生命升华然后回归。我觉得，他们更配得上"灵魂的舞者"这个称呼。

　　若论用生命向存在本身致敬，在人类的社会活动中，也许唯有体育竞技可以与杂技媲美。但是，体育竞技失之对身体素质的执着，在艺术性上与杂技是无法相提并论的。因此，杂技理所当然地在人类文明进程中占据了一个独特的位置。

　　中国是杂技古国。追本溯源，中国的杂技孕育于中华原始文化，它的起源与古代先民们的劳动生活、部落战争乃至原始宗教、上古乐舞密不可分。

　　大约在新石器时代，中国的杂技就已经萌芽。原始人在狩猎中形成的劳动技能和自卫攻防中创造的武技与超常体能，在休息和娱乐时，在表现其猎获和胜利的欢快时，被再现为一种自娱游戏的技艺表演，这就形成了最早的杂技艺术。杂技学术界认为中国最早的杂技节目是"飞去来器"。这是一种用硬木片削制成的十字形猎具，原始部落的猎手们常用这种旋转前进的武器打击飞禽走兽，而在不断抛掷中，他们发现不同的十字交叉，在风力的影响下,能够回旋"来去",于是它就成了原始部落的氏族盛会中常常表演的节目。

可见,杂技艺术中的很多节目是生活技能和劳动技术、武术技巧的提炼和艺术化。"飞去来器"这个节目至今在一些民俗活动中传承着,内蒙古草原上一年一度的"那达慕"盛会上,在赛马、摔跤、角斗等各种技艺竞赛中,就有"飞去来器"的竞赛,它是以投掷的远近和击中目标的准确程度来评定优劣的。杂技演员把猎技的"飞去来器"加以艺术加工,形成一种巧妙神奇的艺术节目,这种节目至今在舞台表演中还深受观众喜爱。

在《时空之旅》中也有一段这样的表演。孔祥红将古拙的飞去来器掷向观众席,在人们的头顶盘旋,然后稳稳当当地飞回手中。据说这个节目是一次彩排的间隙中,老孔突发奇想演示给艾瑞克看的。艾瑞克当即决定用"飞去来器"作为串场的表演桥段。艾瑞克的这次无心插柳,也算向中国传统杂技致敬了。

除了历史悠久,杂技的另一个特点就是"杂"。由于杂技艺术来源于五花八门、缤纷多姿的现实生活,"杂"成为它的整体特征,故而"杂技"之名就在历史长河中被确定下来。

我们都知道春秋战国时期是中国思想文化繁荣演进的重要阶段。其实,公元前770年至前221年的诸侯割据也造就了艺术的辉煌。中国古老的艺术种类不少是在这一阶段奠定了发展的基础,杂技就是如此。

当时在中国辽阔的大地上出现了许多诸侯国,像古希腊的城邦一样。这些诸侯国在争强称霸的争斗中,都注意笼络人才。这些人才称门客,有的是出谋划策的谋士,有的是武艺高强的武士。春秋战国时代很多杂技艺术的创造者就是诸侯的门客和武士。他们以一技之长,投身公卿大夫,并不完全是为了表演。关键时候，这些人往往能以其技辅助主人，干一番轰轰烈烈的事业。

于是，诸士善技就成了春秋战国时代的特点。列国兼并激烈，群雄角逐，竞相养士，这些士中当然也有口把式，以出谋划策、能言善辩的说客为代表，但更多的是身怀奇技异巧或勇力过人的大力士。这些就为杂技艺术的正式形成提供了技术基础。

中国传统的杂技行供奉的"祖师爷"是孟尝君。说起这位杂技的祖师爷，还有一段有趣的故事。

孟尝君为战国四公子之一，喜欢招纳各种人做门客，号称宾客三千。他对宾客是来者不拒，有才能的让他们各尽其能，没有才能的也提供食宿。这么一来，门客中自然也少不了不少蹭吃蹭喝吃白食的。对此孟尝君两眼一闭装作没看见。

有一次，孟尝君率领众宾客出使秦国。秦昭王将他留下，想让他当相国。孟尝君不敢得罪秦昭王，只好留下来。不久，大臣们劝秦王说："孟尝君出身王族，在齐国有封地，有家人，怎么会真心为秦国办事呢？"战国时期的诸侯做事情大概都比较冲动，秦昭王改变了主意，决定把孟尝君和他的手下人软禁起来，准备找个借口杀掉。

秦昭王有个最受宠爱的妃子，孟尝君于是派人去求她救助。妃子答应了，条件是拿齐国那一件天下无双的狐白裘（用白色狐腋的皮毛做成的皮衣）做报酬。这可叫孟尝君为难了，因为刚到秦国时，他便把这件狐白裘献给了秦昭王。就在这时候，有一个门客说："我能把狐白裘找来！"说完就走了。

原来这个门客具有缩骨柔身绝技，能钻入比自己身体狭小的洞穴，来蹭饭之前是个"三只手"。他借着月光，逃过巡逻人的眼睛，轻易地通过狗洞钻进贮藏室把狐裘偷了出来。妃子见到狐白裘高兴极了，想方设法说服秦昭王放弃了杀孟尝君的念头，并准备过两天为他饯行，送他回齐国。

孟尝君也知道秦昭王耳根子软，他可不敢真的傻等着喝饯行酒，立即率领手下人连夜偷偷骑马向东快奔。到了函谷关正是半夜。按秦国法规，函谷关每天鸡叫才开门，半夜时候，鸡怎么可能叫呢？大家正犯愁时，只听见几声"喔，喔，喔"的雄鸡啼鸣，接着，城关外的雄鸡都打鸣了。原来，孟尝君的另一个门客会学鸡叫，搁到现在就叫做"口技"。守关的士兵虽然觉得奇怪，但也只得起来打开关门，放他们出去。

孟尝君就这样捡回了一条命。这个故事出自《史记·孟尝君列传》，可不是道听途说的稗官野史。孟尝君因此留下了千古贤名，中华文化收获了一条叫做"鸡鸣狗盗"的成语，杂技行也寻到了一位"祖师爷"。

许多传统行当都有类似的"认祖归宗"。比如说你表演魔术的，非说三国时期"掷杯戏曹操"的左慈是祖师爷，当然也没人跟你争。但是仔细比较一下不难发现，杂技历史的传承可能是众多传统艺术形态中脉络最清晰的。孟尝君的"狗盗之士"可谓后世杂技"钻圈钻筒"之始（《时空之旅》的"时尚台圈"亦发轫于此）。"鸡鸣之徒"更是"口技"如假包换的鼻祖。观察这些细节，我们不得不感慨杂技生命力的顽强。

春秋战国之后，杂技的内容逐渐丰富。秦统一中国后，吸收各国角抵的优点，形成了一种娱乐性的杂技节目——角抵戏。

汉代，角抵戏的内容更充实，品种更丰富，技艺更高超。到东汉时，则形成了一种以杂技艺术为中心，汇集各种表演艺术于一堂的新品种——"百戏"体系。

南北朝时期,各族艺术交流频繁,使这一时期的杂技呈现出兼收并蓄,多姿多彩的特点,不仅民间基础丰厚,各朝宫廷表演也异彩纷呈。

唐代时,一些节目得到了惊人的发展,出现了前所未有的高超技艺。其中"载竿"之艺极高,马术节目也有很大发展,驯兽也达到了相当高的水平。

自宋代起,杂技艺术开始从宫廷走向民间,创造了名目繁多的新节目。瓦舍、勾栏的兴起使艺人有了易合易散的卖艺场所,此外,宋代还有了专业的杂技班和培养新人的"科班"。

从杂技的繁荣景象来看,古人欣赏杂技,大概类似于今天我们进电影院看一场正在公映的影片,属于雅俗共赏的休闲娱乐方式。上至官宦人家,下到黎民百姓,可以说无人不喜,无人不看。

可惜的是,宋代以后,杂技的社会地位就江河日下。元朝建立后,杂技沦落为走江湖、耍把戏的江湖艺术。清代艺人则多以家庭亲属为基础"撂地"演出,或靠赶会流动演出,以维持生计。至近代,杂技更被贬为不登大雅之堂的"下九流"。

杂技发展的历史告诉我们,所谓"耍把戏"不过是少数人对于杂技艺人的一种贬损。无论文化积淀、历史沿革还是群众基础,杂技都可堂而皇之地位列民族文化之林。

不可否认的是,在建国前一段历史岁月里,杂技作为百戏的一种,被排斥在中国的主流文化之外。那时候的杂技民间艺人生活在底层,不敢奢谈艺术,杂技只是藉以谋生的一种手段,撂地摊、赶庙会是其主要的演出方式。

杂技的演出班社往往是以家庭为单元核心,出于生存和竞争的需要,也出于这种艺术形式的个体性和技巧性特征,杂技技艺的传授多以家传和师徒相传为主要形式。"一招鲜吃遍天",学会一种技巧、掌握一门绝招要讨师傅的喜欢,千辛万苦才能获得一种自我生存的手段。

在这种环境里,对以杂技为谋生手段的艺人来说"杂技"中的"技"便是一切。因为有了"技"也就有了衣食饭碗。技的传授具有相应的保密性和排外性,同时由于杂技的演出属于单纯的技巧表演。掌握师傅传授的技艺并不需要以文化为基础,以此对文化及相关知识的掌握并没有进入杂技人员的价值认识系统。

这是一种可怕的恶性循环。"技"成了从业艺人生存的依靠,"技"便成了一切的主宰,它即是手段也是目的。这种客观存在经过历史积淀,而形成观念、意识和价值取向认定,深深地影响和制约着杂技的生存方式与生存质量。一方面它促进了中国杂技在技巧上的高度发展;另一方面它也导致了对技巧以外的其他相关艺术因素及文化知识的淡漠。从业人员的知识水平越来越低,杂技的品位也就越来越差。

新中国建立以后,杂技逐渐结束了撂地摊的历史,发展成舞台艺术。中国杂技在保留高技术特点的前提下,杂技接班人的培养制度也发生了深层次的变化。杂技表演的主体由家庭作坊向杂技团集中,杂技后备力量的培养也从"师傅带徒弟"、"父亲带儿子"向"老师教学生"转变。

但是,改变是需要时间的,对于杂技这样传承数千年的古老艺术而言尤其如此。杂技学员六七岁进团学艺,一般学员期为6年,也就是说晋级到演员年龄也仅仅十三到十四岁。相应的,他们的文化也仅有初中水平。

众所周知,杂技演员的舞台生命是短暂的,演员到了三四十岁的时候便将面临着一次事业与人生的再选择。部分演员将离开杂技界转向社会其他行业。在我们社会的行业结构中，绝大多数行业在不同程度上都需要相应的普及的文化知识结构。因此，社会的客观存在便使部分杂技的转业者的能力以及择业后再发展受到极大的限制。中国杂技界不乏这样的现象，在国外屡获大奖的节目在国内却找不到演出的平台。"马放南山"几年以后，演员不得不选择退役。在面临人生新的抉择，与社会上的其他人公开竞争的时候，这些演员们不得不感慨，当初加入杂技行也许是一个"美丽的错误"。

　　看过《时空之旅》的观众都忘不了美轮美奂的绸吊节目"时空之恋"。一男一女借着柔软的绸缎在空中飞舞，宛如一场空中的芭蕾表演，又如一部真实的浪漫电影，在繁杂街景的多媒体背景下，表现出一种超越时空的爱情主题。他们舞台上最美丽的表演诠释了杂技演员"用灵魂舞蹈"的意义。

　　表演"绸吊"比翼双飞的男女演员陈姝苗和华璟在生活中也是一对情侣，他们分别于1995年和1991年进入上海杂技团，男主角陈姝苗刚进杂技团，就对女主角华

"时空之恋"节目剧照

璟一见钟情。

不过,直到1997年,他们的爱情才开始发芽开花。那次到澳大利亚演出,需要自己解决伙食问题,对厨艺颇有心得的陈姝苗就承担了厨师的重任。结果,颇有灵气的华璟看出这个英俊帅气的他细腻体贴,认定他是个有责任心、值得信赖的男人。

3年前开始排练这个节目,心有灵犀的默契配合,水乳交融的和谐美感,使这一对情侣在表演上如鱼得水,注入了节目所需内在的灵魂。

《时空之旅》节目遴选初期,艾瑞克一眼就看中了这对真正的情侣。在节目彩排的时候,艾瑞克说,我选中你们,而不选择别人,就是你们之间存在爱情,只要把生活中的点滴爱意直接在这8米绸缎上展露出来便可。

在专门为他们谱写的恋曲和多媒体光影效果的渲染下,陈姝苗和华璟在《时空之旅》舞台上的表演早已突破了杂技表演的范畴,不输给任何舞台艺术。每一次排练,每一场演出,他们用在舞台上特殊的"恋爱"方式,进行着情感交流,同时升华了他们的艺术境界。

可是,杂技表演的美丽通常伴随着哀愁,伤病同样没有放过这对舞台上的神仙眷侣。陈姝苗在2006年6月的一次排练中不慎从半空中坠落。已经练了十多年杂技的陈姝苗说自己从来没有摔过,那一次从五六米的空中摔下来,一下子感觉摔懵了,然后就是觉得腰部钻心的疼痛。出于杂技演员的本能,他暗暗动了一下脚指头,知道没摔到神经,就放心了。

剧组紧急把他送往瑞金医院救治,诊断结果很快就出来了——桡骨粉碎性骨折、胸腰椎R4压缩性骨折。医生建议腰的恢复期为半年、手的恢复期为一年半。在最初受伤的2个月里,陈姝苗一直躺在医院里静养。

在病床上的时候,陈姝苗想了很多,面对众人的支持和关怀,他觉得说不出的温暖和感动。特别是他的情侣搭档——舞台上的搭档、生活中的情侣华璟，给了他无微不至的关心和照顾，看到他受伤痛苦的样子，还经常忍不住泪流满面。

在爱人的鼓励支持下，陈姝苗暗下决心："从哪里跌倒就要从哪里站起来，一定要早日康复，重新站上舞台。"凭着顽强的意志力，陈姝苗受伤 3 个月后就开始了简单的恢复性训练。从拿着水杯让受伤的手腕适应承

"时空之恋"剧照

重，到攥着老年人用的两个铁球锻炼灵活性，然后慢慢地开始慢跑、瑜伽，让身体渐渐从卧床休息的状态中苏醒过来。从小就接受高强度训练，使他具有了过人的身体素质，再加上坚强的意志，让他的康复时间比起医生预计的快了很多。

2006 年 11 月，陈姝苗就开始和搭档华璟一起开始恢复练习"时空之恋"的绸吊技巧动作，因为那个时候手腕上还打着钢钉，直到 2007 年 1 月的时候他才拆掉钢钉，所以一开始的时候陈姝苗只能忍着疼痛练习，连以前很轻松地抱着华璟的动作，现在也要咬紧牙关拼命坚持，从 1 数到 10，然后逐周增加持续的时间，慢慢锻炼臂力。无论多辛苦、多艰难，陈姝苗始终

咬着牙坚持下来，他心中只有一个信念，就是一定要战胜伤痛、战胜身体、战胜自己，尽量延长自己有限的表演生命，早日回到舞台，带给观众和所有支持、关心他的人更精彩的演出。

2007年6月28日，正值《时空之旅》开演第700场。陈姝苗和华璟通过内部试演审核，正式重返舞台。在他们魂牵梦萦的舞台上，两人依旧还是像从前一样默契，并在舞台上最后表演了一次让陈姝苗受伤的高难度挂脚面动作。能够重返舞台，不仅圆了他们一直以来的心愿，也让一直关注这对情侣搭档的媒体和观众欣喜感动。

经过这一次直面生死的考验，两颗心走得更近了。陈姝苗说："《时空之旅》不但使我和华璟的情感有了超越，艺术上也一步步走向更高。等各方面条件成熟了，我会让观众见证我们这对舞台上的情侣人生中最幸福的一刻。"

可是，走进婚姻的殿堂，组建一个幸福的家庭，生一个可爱的宝宝，这些普通人看来理所应当的事情，对于杂技演员来说却是一道关口。"绸吊"是依靠肢体和动作展现的舞台艺术，完成这些人生使命意味着华璟至少有一年的时间要离开舞台。两人的年纪都不算小了，对舞台暂时的离别很有可能演变为永别。

面对多年期盼的、终于可以真正展现杂技艺术魅力的舞台，陈姝苗和华璟实在不忍离别。选择高难度的杂技表演，还是回归平淡幸福的甜蜜爱情？两人仍然徘徊在人生的十字路口。

天下没有不散的筵席，也没有始终绚烂的人生舞台。既然终究要离别，陈姝苗已经在为两人的将来做打算。恢复调养的间隙，他还主动担任了时空之旅舞台调度的工作。在时空之旅幕后工作的时间里，他接触到了与以前在台上表演时截然不同的世界，他认识到灯光、音响、多媒体的配合，以及与演员和乐队的及时沟通，才是真正造就一台高水准演出的保证。于是，他在心里给自己定下了一个发展计划，就是有一天退下舞台之后，他要成为像《时空之旅》这样优秀演出的舞台监督，运筹帷幄，从台上的焦点变成幕后的中心。

一个杂技演员的表演生涯能有多长？有统计说，平均一个杂技演员的表演寿命只有 8 年。当然，这个统计结果包括了所有表演项目的杂技演员，也包括了男演员和女演员。女演员因为结婚、生孩子这些无可避免的因素，表演寿命一般都比男演员要短些。而表演寿命也因为表演项目的不同而各有不同。比如表演手技的演员肯定比表演高空飞人的演员要演得长，这视乎演员的年龄、体力、身体状况而定。

就算是 8 年的表演寿命，他们要用多少年来学呢？可以说是将近 10 年，也可以说是从练杂技的第一天开始，直到他们表演生涯的结束，都是他们学习和练习的过程。

所以可以想象，在学成之时如果没有一个舞台展现自己，他们的心情会多么急迫。所有杂技演员的心声也许就是：可以走上舞台的每一天，他们都希望在舞台上展现最动人心魄的自己。

《时空之旅》是他们最好的舞台。从某种意义上说，创造一个绚烂的舞台、收获观众如潮的掌声，就是用最好的方式回报杂技演员付出的艰辛和汗水。

从现实层面看同样如此。上个世纪 80 年代的时候，杂技曾经在中国火热一时。那时，杂技演员的收入高、福利好，还有机会分到房子，尤其在上海当杂技演员，经常有出国表演的机会，即使练杂技要吃苦，那又怎样呢？将来有一辈子的铁饭碗，再辛苦都值得。可谁会想到 20 年后，什么都变了。当各行各业的收入都有了很大提高后，杂技演员的收入优势就再也显现不出来了，而剩下的就只有苦了。

《时空之旅》的市场运营重塑了杂技演员的经济地位。所有签约演员的收入都比以前翻了一倍多。工资最低的演员，每月也有 5 000 元左右，工资高的每月有 1 万多元，近 2 万的都有。杂技演员很少有因收入而互相嫉妒的，因为他们的工资是真正应得的，是他们一点一滴的付出换来的。在《时空之旅》中，有很多演员一人担当了三四个节目的演出，有的甚至一人要演六个节目。只看一遍演出的观众可能不曾留心，《时空之旅》一套演出班子中的演员总共加起来不过三十多位。

《时空之旅》与太保产险上海分公司签约合作

有时候，演员也会抱怨，甚至在演出结束后暗自流泪，思考是否要退下来。但是当退役的日子离他们越来越近的时候，他们又开始舍不得这个舞台了。这个舞台积累了太多的欢呼和掌声，也积累了太多他们的血和泪、辛苦和付出，一旦离开，他们十年的付出就没有用武之地了。

演员就这样在荣誉和踌躇中徘徊。时空之旅公司也看到了他们的后顾之忧,决心为他们创造后舞台时期的美好生活。道具布置、音响灯光、多媒体运用,这些都需要工作人员。除此之外,他们还可以当老师、教练、甚至是编导。虽然很多东西,他们要从头再学,但他们相信,他们都可以做到,他们并不用为他们的未来犯愁。

　　套用一句老话,发展可以解决一切问题。做大做强杂技产业,舞台终究有一天能够成为杂技演员的最终归宿。

跋：从《时空之旅》看民族自信心与文化创新力

一、国际大都市的智慧果

近年来，安排观看《ERA—时空之旅》已经成为上海市和周边地区的会展与民间活动、政务与商务洽谈、国际交流与休闲、旅游与企业文化建设的一项保留节目。在这个全球瞩目的国际大都市中，各种职业、各种国籍、各种背景的市民与观众，怀着期待和好奇，热情和欢乐，纷至沓来，欣赏这一部以上海100年的城市历史为素材、以东西方文化智慧和设计为内容、以现代杂技和多媒体艺术为表达的新型舞台表演。它的动人魅力和长盛不衰，已经远远超出了一台普通的演出，而成为穿越时空、启迪我们思考中国文化创新之路的一颗智慧果。

立足上海，放眼世界，冷战结束以来，国际政治内涵演变的一个重要表现就是：软实力对于一个国家的综合实力来说日益重要。正所谓"大国决战，岂止在战场"，历史的经验证明：综合国力是由硬实力和软实力共同构成的。硬实力包括经济实力、科技实力、军事实力，软实力包括政治制度的示范能力、文化生产的传播能力、外交手段的说服能力，它们两者既有区别又有相互联系和渗透的关系。

经过30年来的改革开放，中国的综合国力特别是硬实力中的经济实力获得巨大的提升，2008年中国国内生产总值达到了300 670亿元①，同比增长9%，按现行汇率计算，中国已经成为继美国、日本之后的世界第三

---

① 中国国家统计局局长马建堂2009年1月22日在国务院新闻办新闻发布会上提供的材料。

大经济体。根据高盛公司全球经济研究部的《成长与发展:通向 2050 年之路》一书的预测:中国经济总量在 2008 年超过德国,在 2015 年超过日本,成为全球第二大经济体,即使每年增长率降到 7%,中国的经济总量仍将在 2050 年超过美国。

中国在全球综合国力格局中的地位正在发生深刻的变化,而中国的软实力却还滞后于硬实力的增长。这里所说的文化软实力是整个软实力的重要组成部分,它包括文化的凝聚力,即提高全体国民的文化认同度的能力;文化的创新力,即推动人类文化进步的创造能力和生产能力;文化的传播力,即广泛进行文化产品和文化服务投放的能力;文化的共享力,即让各个行业提升文化附加值和全体人民提升文化素质的服务能力。

相对于硬实力的提升,中国推动人类文化进步的生产能力和投射能力,明显落后于中国经济实力的增长和对世界经济的贡献。2006 年,美国、日本、英国、德国和法国等五个主要发达国家的文化市场规模,占据了全球 2/3 的份额。而加拿大、中东、拉美、中国和其他亚太、欧洲国家,加起来也仅仅分享了全球文化市场蛋糕的 34%。虽然近年来中国的经济总量已经名列全球三强,但是中国的文化产业总量排在全球第六位,中国的文化出口额排在全球第七位。相比之下,英国的经济总量排在世界第五名之后,但是文化出口额却占全球第二位,并且在音乐制作、时尚设计、多媒体服务、艺术品经营等方面具有独特的优势。

有道是:"知否知否,应是绿肥红瘦?"中国文化软实力的缺憾,从自身结构的意义上说,也有不平衡的弱项。中国不但在文化内容的创新力和艺术传播力方面,还比较薄弱,而且在文化产业的运作模式和进入国际市场的经营效率方面,还明显处在比较初级的阶段。从娱乐产业的角度看,中国还很少有可以长盛不衰、既在本地市场上成为保留剧目、又能为世界观众所认同和喜爱的优秀名牌精品,这正是需要我们奋起直追、努力探索的一个重大课题。

二、东西方融合的创新路

要打造既成为上海和中国的保留剧目、又能为世界观众所认同的优秀名牌,既体现中国人的民族自信心、又有商业上长盛不衰价值的精品,必须遵循一条全球化思考、本地化行动,中国元素、世界表达的创新路径。这几乎是世界上任何一种强势文化所走过的必然道路。

他山之石,可以攻玉。在战后重新崛起的过程中,日本的国策之一,就是倡导"和"的文化理念,通过富有创意的艺术、影视、时尚、节庆、会展、园艺等,来体现日本文化的独特性和亲和力,并且与日本的经济实力和全球市场攻略相结合。1965 年,日本正式向国际展览局申请举办 1970 年大阪世博会,主题就是"人类的进步与和谐"。1970 年大阪世博会的参观者达到 6 421 万人,成为 1851 年首届伦敦世博会以来规模最大、参观人数最多的一次世博会,把日本人对"人类的进步与和谐"的文化理念向世界做了介绍。不仅仅是日本文化,凡是在全球获得广泛传播的强势文化体系,都在独特性和亲和力这两个方面具有明显的优势。其中固然有发达国家在资本垄断和商业网络方面的优势因素,但是文化的传播,毕竟依赖内容方面广泛的亲和力,而无法用强迫的手段使人屈服。

举例来说,好莱坞电影的优势之一,就是广泛采用世界各区域、各民族的独特元素,使得电影对尽可能多元化的观众产生亲和力。有专家统计:就连好莱坞在 1979 年到 2006 年拍摄的以动物为主角(非动画片)的 26 部动物故事片①中,就采用了狗、猫、马、海豚、企鹅、老虎、家鹅、美洲狮、大猩猩、逆戟鲸、棕熊、大象、猫头鹰等13种动物作为主人公。这些动物分布的地方从非洲热带丛林到西伯利亚的茫茫雪原,从茂密的美洲草原到所罗门群岛的广阔领域。正如奥斯卡评委、好莱坞编剧 Barry Glasser 在分析上述情况时所说,选择动物是为了打动人类,亲近观众。好莱坞选择多品种的动物作为电影主人公,注入时尚的主题和吸引人的情节,目的是要对全球的各种人群产生亲和力。这条创作经验就是"特色动物,人类情感,全球表达"。

中国作为一个东方文明古国有悠久的传统和文化积淀,而《ERA—时空之旅》作为对上海100多年来城市历史的艺术性表达和国际化诠释,也是对全球文化艺术成功经验的深刻理解和出色运用。这一剧目由上海文广新闻传媒集团、中国对外文化集团公司、上海马戏城、上海杂技团联合投资,采用了超级多媒体梦幻剧的形式。该剧自2005年9月27日首演以来,已经连续天天演出至今,成为上海和长三角地区最具有代表性的文艺保留节目之一。它让各地和各国的观众以及旅游者感受到巨大的艺术震撼力和冲击力,仅用19个月就收回了演出项目开发的主要投资,获得了广泛的社会效益和良好的经济效益,先后被评为国家文化产业示范基地、2006—2007年国家舞台艺术精品工程、文化部创新奖等诸多殊荣。

它的最大特点之一,就是推动东西方文化的交融和精华的提炼,既采用了上海的文化元素、管理团队、优秀演员,通过对上海风情的艺术性表达,浓缩了这座城市从一个东海小渔村,在上海开埠的契机下迅速成为东

---

① 这里指的是非动画片,片中的动物也如现实中一样不能说话、但发生在这些动物身上的故事却与人性相通,限于在美国票房收入500万美元以上的故事片。

方第一大港和金融贸易中心,推动城市形态的快速发展,走向国际大都会的历史;同时,又邀请了世界著名的加拿大太阳马戏团的优秀编导,请他们从欧美艺术家的角度,把握东方杂技和民俗风情的迷人魅力,对上海的城市文化和杂技精华进行重新的抒发和表达。《ERA—时空之旅》就这样创作了一种不需要翻译就可以在全球通行的艺术语汇,尽管人们的语言、种族、肤色不同,但是对于高雅之美,对于惊险、精致、曼妙、大气的艺术风格,毕竟具有共性的认同,可以形成共同的惊喜和钦慕。正可谓:融汇东方和西方的艺术精华,体现国际大都市的开阔胸襟,提炼表达真善美的艺术真谛!

三、打开大市场的实干家

作为一个发展中的大国,中国的优秀文化艺术企业和机构,要在现有的能级和水平上,创作一大批既体现中国的价值观念和独特活力,又有全球亲和力的文化精品,还有漫长的道路要走,而缩短漫长距离的唯一途径,就是在体制、产业、内容、服务、模式、路径等多个层面上,大力倡导和推进创新,提升中国文化创造的高度和能级。

几年前,索尼娱乐公司的总经理曾经感慨说:"中国的演员是第一流的,中国的舞台美术是第二流的,中国的演艺产业经营却是第三流的。"[1]这确实是当时的真实情况,是我们必须冷静正视的与发达国家文化优势的差距。

"与其临渊羡鱼,不如退而结网。"要改变这种滞后的状况,不但需要政府在宏观层面上的大力支持和引导,而且需要有一大批具有现代经营理念,熟

---

[1] 刘国超:《走出去:在市场创新中赢得市场》,陈忱主编:《第三届中国文化产业(国际)论坛论文集》,国际文化出版公司 2006 年版。

悉市场运作能力,既敢于创新,又脚踏实地,兢兢业业,乐于奉献的文化企业家和项目运作团队。而这恰恰是《ERA—时空之旅》迎头赶上国际文化市场的潮流,取得文化经营良好业绩的关键要素,也是它能够长盛不衰的基础。

凡是认真探访过《ERA—时空之旅》运作团队和周边环境的专业人士,无论国籍,都会被他们夜以继日的敬业排练、敢于创新的勇气和睿智,承担巨大风险的综合素质和不屈不挠的探索精神所深深感染。正因如此,近年来,许多上海和外地的政府部门公务员培训班和中资、外资、合资企业的文化活动,也将考察《ERA—时空之旅》作为重要内容,目的很明确,那就是学习这个团队的优良作风,吸取艰苦奋斗的敬业精神,培养敢于挑战困难的企业文化。这或许是《时空之旅》创建之初所始料未及的另一大收获吧。

"蓬山此去无多路,青鸟殷勤为探看。"正是这样一个优秀团队,突破技术上和市场运作上的重重困难,取得了良好的业绩。值得一提的是,《ERA—时空之旅》所在的上海市闸北区共和新路中段,原来是一片偏远的市郊结合部,经济也不发达。随着这个剧目的常年演出,这里集聚了许多企业和机构,形成了生机勃勃的创意产业园区和休闲商业区,包括高级宾馆环绕的上海三大著名国际化社区之一"大宁社区"和"大宁绿地公园",显示了优秀文艺娱乐项目对服务经济和城市发展的良好带动作用。

《ERA—时空之旅》诞生不过四年,更广阔的前景还有待开拓。它的雍容华贵、富丽精美、惊险精湛,正在吸引越来越多的海内外观众,启发我们以更博大的胸怀、更精湛的创造、更理智的探索,去开辟更多的文化艺术精品,向全人类传递中国倡导的"和谐区域"、"和谐世界"的美好理想。

上海社会科学院文化产业研究中心主任、研究员　花建

附一:多媒体梦幻剧《ERA—时空之旅》大事记

◆ *2005 年 5 月 26 日*　超级多媒体梦幻剧时空之旅召开首次新闻通气会暨联合出品方合作签约仪式

◆ *2005 年 7 月 18 日*　《时空之旅》网站开通暨指定售票点授牌仪式举行

◆ *2005 年 7 月 26 日*　上海时空之旅文化发展有限公司正式注册成功

◆ *2005 年 9 月 25 日*　召开《时空之旅》全球首演新闻通气会,并进行了第一次公开彩排,演出结束后还举行了旅游专场推介会。上海市旅委主任道书明观看后说:"圆了广大旅游工作者多年来的一个梦。"

◆ *2005 年 9 月 27 日*　《时空之旅》全球首演。文化部部长助理丁伟观看后评价说:"《时空之旅》创意鲜明,相比传统杂技在整体性创新方面有了很大的突破,服装道具、音乐舞美也进行了大胆创新,总体感觉非常好。"

◆ *2005 年 10 月 18 日*　国家文化部部长孙家正、国家审计署署长李金华在副市长杨晓渡陪同下观看《时空之旅》并与演员合影留念,孙家正同志评价说:"非常精彩,非常精彩。"

◆ *2005 年 11 月 20 日*　著名文化学者余秋雨观看《时空之旅》,称赞《时空之旅》为"新理念的国际化杂技"

◆ *2005 年 11 月 28 日*　好莱坞影星汤姆·克鲁斯观看《时空之旅》,连说"不可思议"

◆ *2005 年 12 月 28 日*　《时空之旅》百场纪念演出,文化部副部长赵维绥、文化产业司司长王永章等出席观看。赵副部长评价说:"这是全国文化院团文化体制改革里面最成功的范例。"

◆ *2006 年 1 月 2 日*　中纪委副书记张惠新观看《时空之旅》

◆ *2006 年 1 月 23 日*　文化部副部长孟晓驷、市委副书记殷一璀、市委常委、宣传部长王仲伟等观看《时空之旅》,孟部长表示:"看了之后非常感动。《时空之旅》做到了艺术和技术比较完美的结合。"

◆ *2006 年 2 月 6 日*　中共中央政治局常委李长春在市长韩正、市委副书记殷一璀等领导陪同下观看《时空之旅》,评价说:"这次观看了《时空之旅》的演出不虚此行,你们的改革实践和探索非常有意义、也非常成功,充分体现了体制创新、机制创新、艺术创新的成果。艺术创新也有原始创新、集成创新、引进吸收消化再创新的问题。整台节目如果拿到海外去演出,绝对是一流的、受欢迎的、有民族文化特色的。希望继续努力,不断完善,作出新的更大成绩。"

◆ *2006 年 2 月 10 日*　国务院新闻办主任蔡武、国务院新闻办副主任蔡明照、国家信息产业部副部长奚国华在市委宣传部副部长、市府新闻办主任宋超、市府新闻办副主任焦扬、王建军陪同下观看《时空之旅》

◆ *2006 年 2 月 14 日*　《时空之旅》举办"穿越时空的爱恋——*ERA* 情人节专场",在正常演出后加演 *ERA* 专属乐队演出"爱的誓言"——史上最经典的浪漫爱情歌曲演唱会

◆ *2006 年 2 月 23 日*　中国作家协会党组书记、副主席金炳华及中国作协第九次会议主席团代表观看《时空之旅》

◆ *2006 年 2 月 25 日*　外交部长李肇星观看《时空之旅》

◆ *2006 年 3 月 13 日*　时空之旅公司与 *HANATOUR Service INC* 签订战略合作协议,开展在韩国的宣传推广工作等

◆ *2006 年 4 月 4 日*　国务院法制办副主任汪永清、广电总局副局长田进等领导观看《时空之旅》

◆ *2006 年 4 月 12 日*　中国文联党组书记胡振民及加拿大蒙特利尔市长观看《时空之旅》

◆ *2006 年 4 月 21 日*　《时空之旅》与中国太平洋财产保险股份有限公司上海分公司签约,由太保产险上海分公司独家承保《时空之旅》,

包括演员的最高保额为 30 万元的人身意外伤害保险、公司演出设备的财产一切险、公司工作人员的雇主责任险和剧场观众的公众责任险等

- ◆ 2006 年 5 月 6 日　　香港特别行政区行政长官曾荫权观看《时空之旅》
- ◆ 2006 年 5 月 14 日　　2006 上海合作组织峰会代表俄罗斯、吉尔吉斯斯坦、哈萨克斯坦、塔吉克斯坦、乌兹别克斯坦等国外长在前外交部长李肇星、外交部副部长张德广,以及上海市领导等陪同下观看《时空之旅》
- ◆ 2006 年 5 月 29 日　　上海时空之旅文化发展有限公司被正式命名为国家文化产业示范基地
- ◆ 2006 年 6 月 16 日　　文化部副部长孟晓驷与 2006 上海合作组织峰会代表国文化部部长观看《时空之旅》
- ◆ 2006 年 6 月 18 日　　第九届上海国际电影节部分明星观看《时空之旅》,包括阿诺德·科派尔森、苏珊·萨默斯、西格尼·韦弗、真田广之、靳羽西等
- ◆ 2006 年 6 月 28 日　　《时空之旅》演满 300 场,举行《时空之旅》国家文化产业示范基地授牌仪式暨"时空之旅文化追求与产业追求"研讨会
- ◆ 2006 年 8 月 14 日　　音乐剧《狮子王》剧组成员观看《时空之旅》,并接受电视记者采访
- ◆ 2006 年 8 月 19 日　　中国奥委会名誉主席何振梁、中国文化艺术发展促进会会长侯恩余、文化部干部司司长高树勋、文化部文化市场司司长刘玉珠、文化部文化产业司副司长李小磊等领导观看了《时空之旅》演出
- ◆ 2006 年 8 月 20 日　　《时空之旅》被评选为第四届中国十大演出盛事"最佳娱乐(旅游)演出"金奖、"单场演出项目制作"银奖
- ◆ 2006 年 10 月 4 日　　市政协主席蒋以任观看《时空之旅》,并与全体演员合影,称赞《时空之旅》"非常非常精彩,非常非常了不起,中国杂

技瑰宝永放光彩,上海杂技艺术永放光彩!"

- ◆ 2006 年 10 月 30 日　　毛里求斯副总统舍蒂亚尔观看《时空之旅》
- ◆ 2006 年 11 月 15 日　　2006 中国国际旅游交易会专场招待演出,国家旅游局局长邵琪伟观看后给予高度评价:"《时空之旅》展示了都市旅游产品的特色,相当成功。既有上海人文的底蕴,又融合了现代时尚气息,是一台成功的演出。国家旅游局将总结推广时空之旅的经验。"
- ◆ 2006 年 11 月 21 日　　全国人大副委员长许嘉禄在上海市副市长严隽琪陪同下观看《时空之旅》;

  市委常委常务副市长冯国勤陪同出席长三角经济合作论坛的江苏、浙江、安徽等省领导观看《时空之旅》;

  28 个非洲国家总统办公厅主任观看《时空之旅》
- ◆ 2007 年 1 月 15 日　　《时空之旅》荣获第二届文化部创新奖
- ◆ 2007 年 2 月 4 日　　《时空之旅》在福州路古籍书店举办原声 CD 发布会,创意总监艾瑞克、著名 DJ 韩磊参加了发布会
- ◆ 2007 年 4 月 15 日　　时空之旅 600 场系列活动:上海图书馆"东方大讲坛"举行由复旦大学企业管理系教授、时空之旅公司企业顾问苏勇主讲的"从《时空之旅》现象看中国文化产业发展之路"讲座
- ◆ 2007 年 5 月 16 日　　佛得角总统皮雷斯观看《时空之旅》演出
- ◆ 2007 年 5 月 17 日　　非洲开发银行理事会年会专场演出,中国人民银行行长周小川等出席观看
- ◆ 2007 年 5 月 19 日　　国务委员陈至立、教育部部长周济、文化部副部长赵维绥、文化部部长助理丁伟一行在市委副书记殷一璀,副市长杨定华,市委宣传部副部长陈东以及文广集团总裁薛沛建,文广传媒集团总裁、《时空之旅》董事长黎瑞刚陪同下,观看了《时空之旅》
- ◆ 2007 年 6 月 13 日　　来沪参加上海第十届国际电影节的国际著名影星莎朗·斯通观看《时空之旅》演出

◆ *2007* 年 *6* 月 *30* 日　　翁双杰、毛猛达、姚祺儿、陈国庆、雷国华等文艺界名人观看《时空之旅》演出

◆ *2007* 年 *7* 月 *10* 日　　由市双拥办、市文广集团、上海文广新闻传媒集团主办、上海时空之旅文化发展公司承办的"庆祝建军八十周年慰问驻沪部队和优抚对象专场演出"

◆ *2007* 年 *7* 月 *22* 日　　《时空之旅背后的故事》纪录片 *DVD* 首发仪式举行

◆ *2007* 年 *8* 月 *6* 日　　太阳马戏团《神秘人》剧组演员观看《时空之旅》

◆ *2007* 年 *8* 月 *7* 日　　中共中央对外联络部副部长李进军观看《时空之旅》

◆ *2007* 年 *9* 月 *11* 日　　中宣部副部长高俊良在市委宣传部副部长陈东陪同下观看《时空之旅》，高俊良副部长评价《时空之旅》"既惊险绝伦又极具观赏价值。"

◆ *2007* 年 *10* 月 *1* 日　　《时空之旅》演满 *800* 场；

外交部部长杨洁篪、部长助理何亚飞及美大司司长等一行观看《时空之旅》，杨洁篪部长称赞《时空之旅》"富有中国民族文化特色，中国元素相当突出，又具有国际特点，是非常好的演出。"

◆ *2007* 年 *11* 月 *24* 日　　津巴布韦穆加贝总统夫人在全国妇联领导陪同下观看《时空之旅》，称非常喜欢这台演出

◆ *2007* 年 *11* 月 *26* 日　　文化部发布 *2006*—*2007* 年度国家舞台艺术精品工程评审结果，《时空之旅》入围十大精品剧目

◆ *2007* 年 *12* 月　　《时空之旅》被评为"上海名牌"

◆ *2007* 年 *12* 月 *10* 日　　市委常委、宣传部长王仲伟批示：热烈祝贺《时空之旅》获"国家舞台艺术精品工程"称号。谨向所有为此作出贡献的同志们致以敬意，并望此品牌能不断创新，永葆青春！

◆ *2008* 年 *2* 月　　时空之旅公司被评为"全国文化企业 *30* 强"

◆ *2008* 年 *2* 月 *21* 日　　《时空之旅》飞车节目"时空穿梭"在中央电视台元宵晚会中亮相表演

◆ *2008* 年 *3* 月 *17* 日　　《时空之旅》成为 *2010* 年上海世博会宣传推广示范点揭牌

仪式举行

- ◆ 2008 年 3 月 26 日　《时空之旅》千场暨专项慈善公益基金启动仪式
- ◆ 2008 年 3 月 30 日　"世界娱乐秀与 ERA——时空之旅"东方讲坛第一讲在上海音乐学院举行
- ◆ 2008 年 4 月 7 日　卡塔尔首相夫人一行观看《时空之旅》
- ◆ 2008 年 4 月 18 日　瓦努阿图总统夫人一行观看《时空之旅》
- ◆ 2008 年 5 月 14 日　《时空之旅》赈灾义演，捐献当场演出收入 10 万元人民币，公司员工、剧组演员、现场观众共募捐 17 176.5 元人民币及 2 元美金
- ◆ 2008 年 7 月 14—16 日　电影《风云决》全球首映礼专场演出
- ◆ 2008 年 7 月 29 日　接待参加"情系四川·爱满浦江 2008 阳光爱心"夏令营活动的都江堰师生，邀请他们观看演出
- ◆ 2008 年 7 月 31 日　与上海国际文化服务贸易平台签署了战略合作协议，双方将优势互补、联动运作，共同推动《时空之旅》走出国门、走向世界
- ◆ 2008 年 8 月 3 日　中宣部副部长、中央外宣办主任、国务院新闻办主任王晨观看《时空之旅》，并给予高度评价。
- ◆ 2008 年 8 月 18 日　圣马力诺执政官阿马蒂和夫人观看《时空之旅》
- ◆ 2008 年 9 月 21 日　电影《画皮》首映典礼专场演出，周迅、陈坤、赵薇、孙俪等明星出席
- ◆ 2009 年 1 月 10 日　《时空之旅》被评为"改革开放 30 周年中国创意城市文化名片"
- ◆ 2009 年 2 月 27 日　日本前首相福田康夫一行前来观看《时空之旅》
- ◆ 2009 年 3 月 8 日　"品味女人之旅"庆祝三八国际妇女节主题活动
- ◆ 2009 年 4 月 2 日　中央纪委副书记、监察部部长、国家预防腐败局局长马馼，中央纪委常委、国家预防腐败局副局长屈万祥等各省市纪委及监察厅、局领导在上海市委常委、市纪委书记董君舒等领导的陪同下观看《时空之旅》

附二:《时空之旅》节目单 & 精彩节目剧照欣赏

1. 时空镜幻

在巨大的玻璃圆罩的笼罩下,在高高的圆柱体之上,身轻如燕的少女做出了各种国际金奖级别的、一系列优美而高难的单臂倒立的造型……忽而如游鱼戏水又呈出浴芙蓉之态,纯洁、无瑕,在多媒体光影的配合下,似诗如幻,将人们一下子带进了如仙如醉之境……

杂技元素：单手顶

2. 古彩新韵

一位着宽大长袍似巫、似幻、似仙的古者,挥动魔毯,陆续变出玻璃水塔、火盆等,从中华古老而神秘的变化腾挪之术中,体现了神州水火、相生又相克的古老辩证观念……

杂技元素：古彩戏法

3. 碧波轻舟

在摇摆不定的司南船之上,表演起国内难得一见的高难技巧节目《晃板踢碗》。在一只横卧滚动的圆管上高摞着四块木板,十二只玻璃杯,然后单足立稳,在不停的晃动之中,用另一只脚把一只只碗、杯、匙准确无误地踢到自己头上稳稳地承接住。在"司南"的美丽"晃动"之中,更让人惊叹于中国"四大发明"的伟大、中华民族古老文明的灿烂神奇。

杂技元素：晃板踢碗

4. 时尚戏圈

两群青年街头相遇,玩起了钻圈跳圈比赛的游戏。只见小伙子们,个个生龙活虎、你争我夺,表演了一系列荡人心魄的高难技巧,其中有单人跟斗蹿圈、双人对手蹿圈,还有集体对穿圈,更有甚者,竖放在桌上的圆形罗圈,还会随着桌上的机械装置,自动地365度的不停旋转,小伙子们更是把握了精确的时间差,丝毫不差地用高难度的翻腾技巧穿了过去。跳跃的节奏、激烈的动作,也喻示了不懈进取、友好竞争、和谐共进的时代精神。

杂技元素:台圈

5. 千古绝顶

这是一个由汉代流传至今的古老杂技节目。表演用的道具是瓷质的坛子和大缸。演员以"扔、砸、踢、滚、翻、转"等一系列优美的动作组合,展示了高超的技艺。特别是在中国特有的景德镇青花瓷的精美图案背景衬托下,展示了中华民族传统技艺的博大精深与精美瓷艺的完美结合,也体现了中国作为瓷器王国的深厚文化底蕴。

杂技元素:顶缸

6. 风拂柳丝

装扮成蛇形的四位少女在舞台中后方的一个圆形平台上,演绎了一组优雅高难的体现少女身姿柔美的集体造型。音乐悠扬,造型如画、如梦、如幻,忽叠、忽垒、忽上忽下,忽左忽右,极尽柔美之致,难言奇巧之形,让人心驰神往,流连忘返。

杂技元素:柔术

7. 生命之轮

装扮成太空人的演员在巨大的空中转轮上,表演惊险、高难的"太空行走"、"太空行走、跳绳"、"太空行走、耍火棒"、"太空蒙眼行走"等令人惊悚的高难动作。人影、轮风,轮风、人影,相互交换,惊险迭出,转轮将人们带入了宇宙的无限遐想之中⋯⋯

杂技元素:大车轮

8. 流星异彩

演员们舞动着"彩色灯流星",从远处边舞边翻边变换着队形,走上场来。演员们使劲轮耍流星,个个如执满月,每每空中对抛对接,又如流星落地。星光点点、风声习习,舞得周天灿烂⋯⋯

杂技元素:水流星

9. 凝聚瞬间

在多媒体反投灯的照射之下,巨大的幕布上,出现了两位健美男士和一名婆娑女性的影子,这些影子忽而巍峨高大,如参天大树;旋而变小,如数尺侏儒。就在幻影大小高低的变换中,演员做起了力与美的《三人造型》。同时,多媒体投影又将三人的延时影像投印在背景上,真实与虚幻相映成趣。

杂技元素:三人造型

10. 龙腾虎跃

积五十年磨练的上海杂技团"大跳板"节目,在流畅的"砸、翻、接"的技巧表演中,有直冲云霄的单跷、双跷,有多彩多姿的跟斗技巧,又将浪桥飞人技巧融入跳板,从浪桥飞向跳板,从跳板翻腾到浪桥,双砸对飞。此起彼落、珠联璧合,气势磅礴,震撼人心,令观者惊心动魄,仿佛时代铿锵的节奏、不断发展的脉动活力也在其中交汇⋯⋯

杂技元素:浪桥跳板

11. 翻江倒海

在强烈音乐的配合下,好几位着鸟形服饰的青年,在蹦床上越蹦越高,做出了连续翻腾,又做出不同花色跟斗的高难技巧。与此同时,天幕上的背景飞也似的向前推移变换,舞台前方有 10 多公分宽的抖杠之上表演的空翻技巧,舞台上方有飞跃而下如飞燕展翅的蹦极表演……多维空间的表演画面,形成一道独特的风景线,令人眼花缭乱、心驰神往、遐想万千。

杂技元素:蹦床、抖杠、蹦极

12. 时空之恋

一对男女演员借着长绸在空中表演各种高难动作,展现缠绵柔情,一会儿,彩绸缠腰,淑女倒挂,俊男吊下斜飞鹊。一会儿,交臂叠影,抱颈抚腰双飞燕。更惊看:双脚对挂成飘旋探海。楼影、月圆、星稀,真是:都市一时得幽境,天高地远梦芳华。

杂技元素:绸吊

13. 彩蝶飞舞

清风、树影、塘边,一组手执竹签上转花碟的少女踩着圆场、踏着花步,走上场来。少女婀娜如摆柳,手舞花碟似蝶飞,真是一片夏夜荷塘风光……突然呈现了一个巨大的从太空中鸟瞰地球的背景,美丽、碧蓝、剔透的地球,它在少女、花蝶、树影、风荷中旋转,加上高难的转碟技巧,真是美轮美奂。

杂技元素:转碟

14. 时空穿梭

在一个 6.5 米直径的球体内高速行驶着八辆飞驰的摩托,在球内不断交汇穿插,上下翻飞,八辆摩托灯火通明,犹如八颗流星,明光闪闪;速度像八支飞镖,势不可遏;看上去犹如:广场四射的喷泉、节日盛开的礼花,美丽、缤纷,但又令人惊怵胆寒、匪夷所思、心潮澎湃。

杂技元素:摩托飞车

时空境幻

时尚戏圈

风拂柳丝

碧波轻舟

时空之恋

时空穿梭

凝聚瞬间

龙腾虎越

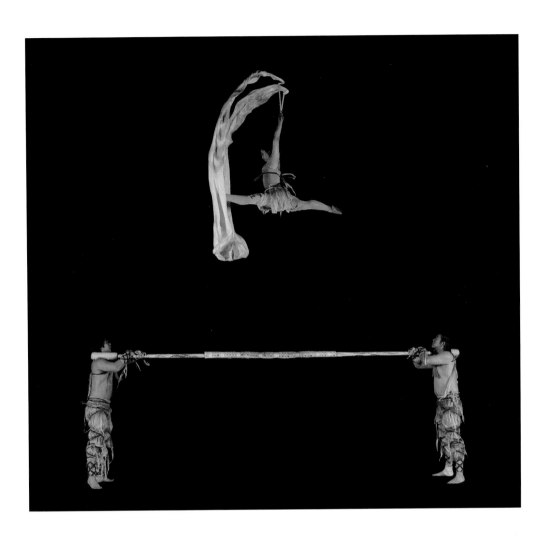

翻江倒海

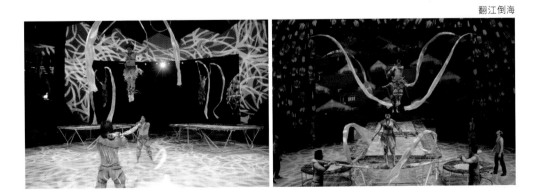

《时空之旅》合作旅行社

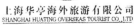

《时空之旅》合作酒店

THE H HOTEL

SOFITEL
LUXURY HOTELS

海齑宾馆
SHANGHAI HYLAND